U0133026

〔美〕布鲁斯·艾·道尔三世◎著

嵇志梅◎译

信念的能量
POWER
思想如何成就生命
OF THOUGHTS AND BELIEFS

科学出版社

北京

版权登记号 图字：01-2011-3732

Copyright© 2011 by Bruce I Doyle III
Published by arrangement with Hampton Roads
Through Andrew Nurberg Associates International Limited

图书在版编目（CIP）数据

信念的能量——思想如何成就生命／（美）多伊尔（Doyle，B.）
著；嵇志梅译. —北京：科学出版社，2011.6
（内在能量）
ISBN 978 -7-03-031712-4

Ⅰ. ①信⋯ Ⅱ. ①多⋯ ②嵇⋯ Ⅲ. ①信念 – 通俗读物
Ⅳ. ①B848.4-49

中国版本图书馆 CIP 数据核字（2011）第 115729 号

责任编辑：刘英红　田　珅／责任校对：刘亚琦
责任印制：赵　博／封面设计：李尘工作室
营销编辑：朱　薇

科 学 出 版 社 出版
北京东黄城根北街 16 号
邮政编码：100717
http://www.sciencep.com

保定市中画美凯印刷有限公司印刷
科学出版社发行　各地新华书店经销
*
2011 年 7 月第　一　版　开本：A5（890×1230）
2011 年 7 月第一次印刷　印张：4 1/4
字数：140 000
定价：24.00 元
（如有印装质量问题，我社负责调换）

一部理解思想和信念
如何创造人生的指南

致我的女儿艾伦和梅根，还有我的外孙奥莉维亚、扎克、露西和布鲁克。

是你们点亮了我的人生！

一天清晨，乌云遮住了太阳，小熊抬头看着天，说："噢，一点儿也不好玩。"

所以，她开始想象雨后遍地的花朵，还有那闪耀的彩虹。

然后她开心地笑了，因为她突然明白，你的想象有多美好，这一天就有多美好。

前　言

　　我要与你分享的内容都发自我的内心。这些东西都与我的经历有关，都是我所体会的真实的东西。

　　在本书中，如果我说的话能激发你深入思考，并且萌发希望自己能知道更多的想法，我便完成了我的使命。本书主要传播的是这样的信息——我们每个人的人生都存在着无限的可能性，只是我们个人的某些消极的信念阻碍了我们。

　　通常，我们的信念来源于我们认为是真实的思想。每个人的生活经历就像是一件织物，我们的每一种思想都是其中的一根线，而我们每一个人都编织着自己的衣物。把这些思想合起来，我们便织就了我们每一个人都要经历的生活——这一色彩斑斓的挂毯。

　　如果你现在所过的生活并不成功，我希望你通过本书介绍的"思想和信念运作的基本原理"，能对你过上你应得的生活——一个拥有无限可能的生活，提供一些新的领悟。

■致■谢■

感谢每一位曾在我生活中扮演角色的人。

现在我才终于知道，你们的存在是为了映照出我对于自己人生的思想和信念，虽然明白这个道理，但对于我来说有些晚。对于你们当中我曾责备过的人，请你们原谅我。对于曾给我灵感的人，我向你们鞠躬致谢。

非常感谢玛乔丽·麦克劳琳为我的"成功"研修班提供的大力支持，为我的博士论文纠错，还为我文章结集的出版编辑校订。

也很感谢《走过地球之桥》的作者悉尼·希瑟·辛克尔和她的丈夫托马斯。他们为我的前一部书《在你想另一个想法之前》提供了很多专业上的帮助。

特别要感谢"最后无限"的沙伦·巴伦对我的教导，正是他的教导，启发了我的信念系统。

也要特别感谢哈利·帕尔默，因为他创造了"化身"课程。"化身"课程让我对信念系统有了更深层次的理解，并进一步帮助我朝着无限可能的生活靠近。

　　最后，还要衷心感谢我自己现在有勇气与你们分享自我，而在这不久前，对于我来说，还是无法想象的。愿我的分享能对你们有所帮助。

　　向大家致以爱和谢意。

引　言

　　你是否有过这种感觉——你像是浮在海上的一叶小舟，完全任由汹涌的海浪支配？无论你如何用力划桨，都无法改变你的航向。你感到完全失控了。

　　虽然对于个人发展的方方面面都有诸多的书籍、磁带、工作室、研讨会——从基本的态度调整到精神启迪，对人们提供各种帮助，但这个星球上似乎还有很多人有这种失控感，他们绝望地想要获得对生活的控制。你可能就是他们当中的一员。

　　处于这种对生活失控状态的人来说，自尊普遍都处于空前的低谷状态。这是怎么了？究竟是缺失了什么？

　　缺失的是一种对我们每个人如何创造自己的人生经历的基本原则的清晰理解。是的，我说的是我们自己的。我们每个人都对自己的人生经历有责任。

　　思想和信念是一切创造的基本元素。它们以一种微小的能量波的方式存在，这种能量波叫做思想形式，它的唯一目的就是实施思想者的意图。

　　通过理解你的思想和信念如何运作，你会明白你持有的一些局限性的信念是如何阻碍你成功实现目标的。而实际上，这些想法是完全可以清除的。

　　理解你的无限可能的能量来源于你的信念，会帮助你弄明白，你如何吸引某些事件、情况、关系到你的生活中来。

　　改变你的信念，你就会吸引新的、更值得期待的经历。

　　当你意识到你的思想和信念决定你的经历，你就会逐渐掌控你的人生。

目　录 /CONTENTS

Ⅰ．思想如何运作?

思想

你有过不愿与人分享的想法吗？比如对于别人的看法——你知道要是说出来会让别人难受。或许是关于他们的衣着、举止，或许是他们做的让你烦恼的事情。

你不愿分享你的想法是因为你想保持友好的人际关系。你或许因为自己有这样的可怕的想法而痛斥自己："我怎么能想这样的东西?"

大多数人把思想看成是居于他们头脑中的想法或观念，是他们私人使用的东西。思想帮助你解决问题、评价情况、做出决定、产生感觉，而有时候它们似乎让你抓狂。（好吧，是差不多让你抓狂。）

思想或想法或许可以视为居于你的头脑之中，而事实上，每一思想都以一种叫做思想形式的微小能量波存在。思想形式是真实的——它确实存在。你没有注意到它是因为它的能量震动（频率）不在人类的感知范围内。它的运作比光速还要快，所以你看不见。

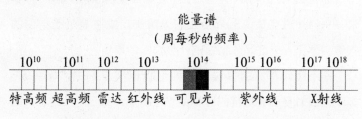

能量谱
（周每秒的频率）

我们的感官被限制在一个特定的能量范围内。

要明白这个概念，把它与一些你已知的东西相联系或许会有所帮助，但很可能你没怎么注意这样东西。如果你跟我们大多数人一样，你有一个最喜欢的收音机电台。也许是一个 FM 电台收听"属于你的"音乐。比如说是调谐指示板上的 102.7 吧。

这个数字的意思是传输这个电台信号的频率是 102.7 兆赫。"兆"是计量标示中的"百万"。由电台传输的能量在你周围的空间不断地传输。但除非你的收音机调到 102.7 百万周每秒这个频率，否则你是感觉不到的。

这就是我要说的问题：我们周围的空间有很多信息在震动，我们无法感觉，是因为我们的感官被限制在一定的频率范围内。而有些在空间中震动的信息是以一种微小、微妙的思想形式存在的。

思想形式的使命就是完成思想的意图——实现有这种思想的人的愿望和意图。它是通过吸引类似的思想形式，来帮助自身完成任务的。实际上，你就像一台收音机电台，你传播你的愿望、意图和想法到宇宙之中，完全没有审查。也可以想象一位国王从宫中挑选使臣，派到他的王国完成他的愿望，甚至是秘密的愿望。

是否有人曾对你说："看着你想要得到的东西，你肯定会得到它"？是否某个人接近你的时候，你与这个人会恰好同时有着同样的想法？是否有人因为你读懂他们的心思而责备你？在你的生活中是否有人让你感觉到"频率一致"？有些人对于捕捉思想形式非常敏感。如果你对以上任何一个问题的回答是肯定的，那么你可能就是对思想形式敏感的人之一。

信念

你认为是真实的想法会变成你的信念。把你个人所有的信念合起来，就构成了你的信念系统。

如果我告诉你，月亮是由瑞士奶酪构成的，我想你不会相信我。基于你已有的知识，你不会认为这是真的，而且这也不会变成你信念系统的一部分。但如果我说："全世界的天气状况将继续急剧变化"，你很可能会同意。因为，你们当中的某些人对此已经有了真切的证据。你会感觉我说的话是正确的，并把它纳入你已有的信念之中。

信念是一种特殊化的思想形式，它成为你个体信念系统的一部分。进一步说，这种特殊化的思想形式，以你向宇宙发射的能量波的形式存在，它们聚集相似的思想形式，是为了创造事件、情况和关系从而使你的信念变为现实。

"等等，"你说，"难道你不是说反了吗？我经历了某些事情，然后我才相信。你知道那句老话的——'眼见为实'。"

没错，确实有这样一句老话，但是，实际却与之相反。你只有在相信某件事的情况下，才会去经历它。信念是第一位的。如果你经历了某些你都不相信的事情，你怎么会相信呢？你的经历证实你的信念——在这里，信念先于经历。

如果你相信你很穷，你能有富裕的经历吗？如果你相信你很胖，你能有苗条的经历吗？如果你相信你很笨，你能有聪明的经历吗？好好想想吧！你相信的就是你经历的。

信念通常被描述成，要么是有意识的信念，要么是潜意识的信念。

有意识的信念是那些你意识到的；给一些提示，你就能写下来一些。有意识的信念可能是令人鼓舞的，比如"我很聪明"，还有"生活令人兴奋"；也可能是限制性的，比如"我笨手笨脚的"，还有"人们讨厌我"。

潜意识的信念是你没有意识到的信念。你没有意识到它们的存在，它们为你创造的经历被你视为"生活就是这样的"。你还没有把它们作为你信念的那种责任感。这些信念对于你来说是透明的。

举一个限制性的潜意识信念的例子。"我从来不能按照自己的方式做事"，这是源于孩提时代关于权威的一个结论。这一信念会在之后的生活中，以和老板不断发生的冲突显现出来。这样的人可能会经常说："所有的老板都是怪物。"而却没有意识到他这么做，是由于一个透明的信念。如同你知道的那样，并非所有的人都与老板有那样的经历。

再举一个令人鼓舞性的潜意识信念的例子，比如：像

"我总是很安全"。有这种信念的人可能不会意识到这个信念，而在生活中，他们从不为他们的安全感到害怕。他们仅仅是不去吸引某个有潜在危害的境况，如果确有危险发生，他们也看不到对他们的威胁。

信念

		鼓舞性	限制性
心灵	意识	我头脑聪明。	我不太聪明。
		事情进展顺利。	我不能……
		我身体健康。	我总是很胖。
		生活令人兴奋。	别人讨厌我。
	潜意识	世界是安全的。	我是个失败者。
		有人会照顾好我。	没人爱我。
		我属于……	我不应得到幸福。
		我还好。	世界是恐怖的。

在我的信念模式中，你可以看到基本上有四块信念区域是可以考虑的。在意识和潜意识层面，分别有鼓舞性和限制性信念。我们将更多讨论的是限制性信念。消除这些想法之后，在创造你人生当中选择拥有的情况时，你将会少耗费能量和精力。

每一个思想和信念都有相对应的思想形式，这是一种有两个关键参数的能量波：一是与目的相对应的振动频率，二是与愿望大小相对应的强度。我们每一个人的信念系统都可以由一个能量标记来表征，这就好像我们的个人签名。它是独一无二的，并且从本质上规定了我们的特征。我们都像能量磁铁一样，吸引各种经历到我们的身上。

你是否曾注意到，当你与别人初次见面时，有些人让你感到很舒服，而有些人却让你感到不舒服呢？令你感到舒服的那些人很可能与你有着相似的信念。相信你的感觉吧。

当你与某些人关系密切时，你能在他们开口说话之前就感觉到他们心情不好。你能感觉到他们的能量发生了变化——降到低一点的频率了。

你基本的能量标记，就是你所有思想和信念的总和。你规定你的个性、外貌特征和行为。你是唯一能创造或改变你思想和信念的人，而你的信念创造了你的人生经历。

你有没有尝试过改变某个人？没有用，是吧？没人能改变别人的思想。个体都想要改变，并且是按照自己的方式改变自我。所以，如果我们每一个人都为自己的思想负责，同样我们也为自己的感受负责。你的感受是由你的思想产生的。注意到了吗？在你有着积极想法的时候，你感觉很好。而在你想着消极想法的时候，你感觉如何呢？

有没有人责怪你伤害别人的感情？当你意识到你无法创造他人的思想时，你同样理解了你无法创造他们的感受。这是多么让人释怀！现在，你可以抛却这一与我们相伴成长的古老信条了："你不该伤害别人的感情。"自然，凡事都有一个适度。但你无法决定他人的感受；他们的感受就是他们自己的。

我女儿梅根的大学心理学课文中有一个例子。在一个拥挤的地铁站里，一名男子被人从后面狠狠地撞了一下。当他看到一个大块头的强壮女人强行挤过拥挤的人群时，他立刻火冒三丈。而在他转身与她面对时，他发现这个撞到他的人是个盲人。他的感情立刻发生了变化，因为他心里全是同情的念头。可见，他的思想决定他的感情。

你记得儿时的经历吗？那时候你相信有圣诞老人，你感觉如何？非常令人兴奋，对吧？而当你发现圣诞老人其实并不存在，因此你改变了信念，你的经历如何？生活少了很多乐趣，是吧？所以，不同的信念会带来不同的经历！

共同的信念会扩展到很多个体。这个星球上的不同信仰就是许多个体拥有共同信念的例子。地球上所有各种不同的社会、经济、政治结构也是信念系统的例子。要记住的一个要点是，每一个体都有权选择他或她自己的经历，所以，也有权选择自己的信念。

正是在你要说服别人你的信念是唯一的真理时，困难产生了。你看到了，我们所有人都有着自己的真理。真理属于相信它的人。有多少种真理，就有多少种相信真理的人。许

多人可以分享共同的信念，但本质上而言，我们每个人都基于我们的信念创造我们对世界独一无二的视角。

这样，从本质上说，我们每个人都生活在自己的世界里，并为我们自己的世界负责。当然，你的世界与我的不同，同样，也与你的邻居不同。你有没有想过你在别人看来是怎样的？你有没有想过穿别人的鞋子是什么样子？我们所有人都是从自己的角度看待生活（基于我们的信念），因此对于每个

完美的！

病态的！

美丽的！

平的！

圆的！

人，生活都是不同的。事实上，我们之中唯一真正的不同是我们的信念。是的，我们很多人看起来不同，但或许这本身也是一种信念。

　　如果你发现自己尝试着说服某人接受你所相信的东西，问问你自己是否真的相信这一点。需要别人来证实你的真理，说明你怀疑自己的信念。当你真正相信某样东西时，是没有怀疑的。当你没有怀疑时，你能毫不动摇、面不改色地面对任何挑战，因为你知道真理。

思想形式结构

理解思想形式结构，将会极大地帮助你理解它们对于信念系统的影响。

在我看来，思想形式是呈簇状的，很像串串葡萄。拿一株葡萄藤来说吧，摘下上面的葡萄，你会看见枝杈朝着不同的方向排列。越是靠近主干，枝杈就越粗壮。最后，你就能找到主干。

在我的比喻当中，主干相当于根部思想形式，它是初始的、根深蒂固的思想形式，是相关事件的主要起因。有了任何新的观点、事件或情况，你产生的最初思想形式就建立起基本的经验模式或蓝图。就像树丛中的枝杈一样，与那个主题相关的后续思想和信念就会依附在根部思想形式上面。要把一个问题清除，你得把最初的思想形式连根拔起。

我之前有个同事，无论什么时候遇到一些新问题，通常都会说："这会很难吧!"你猜猜，他的经历是怎样的呢？他的个人经历就是一系列的斗争，过去、现在都需要付出很多努力，来克服生活和工作中的困难。

你要处理的最强大、最有影响力的局限性信念很可能是关于你的自我概念，即，你是如何看待你自己的，比如"我是怎样的"这样的话语。这些信念通常来源于婴儿时期或儿童时期。这就是术语所说的"条件作用"或"编排程序"。当然，我不会使用这些术语。对我而言，它们意味着发生在你身上的某件事，这件事会使你产生责备别人和逃避自我责任的心理。只有相信某一信念的人——只有你——才能接受他所选择的信念。

所以，甚至在婴儿期，你就做出了选择。因为，在很小的时候，照顾你的人或是某个对你有影响的人，会自然而然地对你施加无形和有形的影响，你很自然地接受他们对你的评价。你有什么理由怀疑那个人对你的评价呢？没有。

而现在，作为成人，你完全可以重新审视那些对你的评价，看看你是否仍然愿意坚持某个已不再对你有好处的信念。信念就如同观点——好的留着，不好的丢掉。

一个鼓舞性的例子

让我们先来看看鼓舞性信念的积极影响。

简是一个小孩，有着良好的成长环境。她的父母，姊妹和朋友都很爱她，总是鼓励她尝试新的东西，并给予她支持和赞美。于是她接受了这样的信念："我总是有我需要的一切。我很安全。"

　　这一基本的信念为了壮大自己，会在她生活中的每个主要方面产生积极影响。除非受到一个相矛盾的信念的影响，在她的一生当中，她都会生活在这样的信念之中。作为成人，她看到这一信念对她工作的影响，那就是一份富有成就感的工作。她的收入也能不断满足她的需要。她的人际关系良好而稳定，并能从中获得她应得的关爱。这一强大的鼓舞性信念为她的人生经历提供了发达的根系。

我的工作让我有成就感　　　　全安很我，切一的要需我有我　　　他是个很好的丈夫

我有很多钱　　　　我的家人爱我

← 根部思想形式

简的思想形式结构

一个限制性的例子

与简相比，吉姆却没有那么幸运。吉姆的成长环境来源于一桩没有计划的婚姻。他的父亲与他的母亲结婚，是因为他父亲认为这么做是他的责任，但他怨恨吉姆的出生。除了批评之外，就是狠狠地管教他，他很少关心吉姆。幸运的是，吉姆的母亲非常关心和爱护他。但是她对儿子的爱却只让父亲感到嫉妒而生气。这种的情况下，吉姆的父母都不快乐。

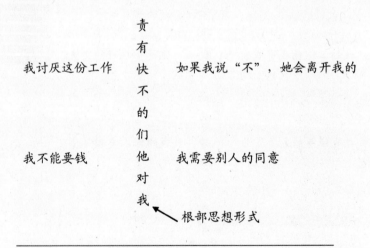

吉姆的思想形式结构

由于所有这些情况，吉姆不久得出了这个结论（也就是吉姆有了这样的信念）："父母的不快是他的错。"这一思想后来又转变成为："我对他人的不快负有责任。"你能看到这一根部信念，会如何影响吉姆人生的每一主要方面吗？为其他人的不快负责是多么沉重的负担！这样下去，导致的结果就会是，吉姆一生都不断地讨别人开心。

作为成人，如果吉姆认为自己的言行可能会给别人带来不高兴，他会如何与客户谈判生意或者要求晋升呢？你能想象吉姆时时刻刻想要讨好他的伴侣吗？如果他周围有人不高兴，他会作何感受？他总是会感觉像是他的错。生活对于吉姆来说，其间并没有他自己的精神自由。他会总是监控自己的行为。这就是限制性信念的影响。但对于吉姆来说，他会感到自己的行为是正常的。因为这种限制作用对他而言是自然而然的。

生活中的小事

一旦确立了根部思想形式，相应的事情就会发生，这些相应发生的事，从而也就不断地为相信这一信念的人证实这个信念是真的。为了进一步说明这一点，我们再举一个例子。

萨丽的妈妈不得不去参加一个突然的商务会议，而那时她雇佣的保姆不在。打了几个电话之后，最后她终于找到了一个邻居答应帮她照顾小孩。邻居是位很好的女孩，但她不太习惯与一个四岁大的小孩相处。

萨丽感觉到了邻居的笨手笨脚。她对于新来的"保姆"感到完全不适，便开始大哭起来。而邻居呢，为了让她停止哭泣，便开始和她玩假扮游戏（儿童们玩的一种游戏。——译注），做出各种古怪的表情。而这却让萨丽更加恐惧，她哭得更厉害了。邻居渐渐灰心，情绪受挫，于是拎起萨丽，把她带到她的卧室，扑通一声把她扔到床上，朝着萨丽大喊起来："你是我见过的最坏的孩子。"然后把门"砰"的一关，走了。可怜的萨丽，在那脆弱的一刻，可能就得出了这样的结论："我可能有些什么问题。"

随着萨丽逐渐长大，相应的事件会发生，而且相似的思想形式也会产生来完成核心信念的意图："我可能有些什么问题。"就像我们讨论过的葡萄藤枝杈一样，这些相似的思想形式附着于根部思想形式。她生活的所有领域都受到这一非常基本的核心信念的影响。而需要说明的是，这些核心信念对她的影响，都是她根本没有意识到的。

接下来的图表包含了一些真实生活情景的例子，这些都可能源于一个早期的信念："我可能有些什么问题。"六岁的时候视力不好，十来岁的时候学习有困难，三十岁时的工作问题，四十岁时的人际关系问题，这些相关的信念可能都是从

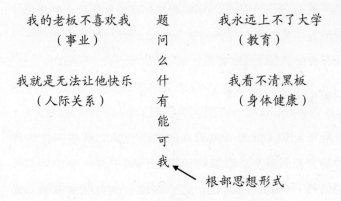

我的老板不喜欢我
（事业）

我永远上不了大学
（教育）

我就是无法让他快乐
（人际关系）

我看不清黑板
（身体健康）

题问么什有能可我

→ 根部思想形式

萨丽的根部思想形式结构

一个简单的、限制性的信念——"我可能有些什么问题。"——演变而来。

我有什么问题。	我看不清黑板。	我永远上不了大学。	我的老板从来不喜欢我。	我无法让他快乐。
四岁根部事件	六岁视力不好	（成绩单）16 岁成绩不好	30 岁无法晋升	40 岁离婚

　　自然，相同的这些情况可能从其他信念源泉产生。如果你有相关的这些情况，不要认为你的信念也是"我可能有些

什么问题"。探究一下吧！你能看到，在你亲近的人的生活中重复的经历模式吗？你自己呢？你总是有反复的经历吗？这些情况背后的信念可能会是什么？

自我破坏

经常会有人做出一些无法解释的行为，有些人把这种行为称为自我破坏。就像你的潜意识当中有一个非常淘气的小妖精一样。时不时地，它会做出一些奇怪的事情，通常是在一个不合适的时间，而对此你似乎又无法控制。至少看起来是这样。比如，在一次重要的会议中，就是那句不由自主冒出来的不合时宜的评论，让你失去了你期待的一个机会。你走出会议室咕哝着对自己说："我怎么竟然说那种话？"

或许那个小妖精并不存在。想想，是否存在着一个你完全负有责任的限制性思想形式，而对此你没有意识到。在一个面试当中，如果一个人相信"我在面试中就是表现不好"，你认为这个人身上会发生什么呢？那个人很可能会在一个最不合适的时间说一些没有准备的话。这可能叫做自我破坏，但很可能是有限制性的信念在起作用。

我所谈论的东西似乎有些微妙，但你能看到这些限制性信念对你生活的重要影响吗？这里有一个现实生活的例子。

几年前，一个客户找到我。他叫皮特，当时在全国遍地找工作。我们一起呆了好几个小时，大部分时候都是我在倾听，并且观察他的沮丧状态。皮特很难决定他想要做什么。似乎每天他都为一些新的东西兴奋，然后又开始了不同的方向。

我曾经向皮特介绍过我的关于信念系统的概念，他在知识层面理解我所说的话，但不是真正意义上的理解，主要是一些"啊哈"之类的应答而已。随着我们进一步地交谈，我开始记录下我经常听到他说的限制性信念。我最经常听到的信念是：

"做每件事都要付出代价。"

"不可能拥有这一切。"

"没有什么是人们看到的那样。"

皮特与我讨论了这些他经常说出的信念。我很清楚地知道他只是从知识层面理解"信念决定经历"的概念，并没有把它内化。他完全没有意识到这些信念在起作用。他是如此习惯于他的操作模式，以至于这一模式对他变得透明了。

而一旦我们坦率地讨论了这些限制性信念，他就能与这些信念接触。他与这些信念相成长——这些信念与他父亲的是一样的。

你能看出来为什么持有这些信念的人会有困难做决定了

吗？他对自己要求太高。只有一个正确的决定让他去做，而他最好做出正确的决定，否则他就要付出天大的代价。

我们讨论后没几天，皮特来到我的办公室告诉我说，他对他的房地产经纪人说了他的新见解。他把他的信念"事情并非看起来那样"告诉了她。当她回答说："对呀！我所有的客户都有潜藏的方案。"于是，皮特毫不迟疑地宣布："她当了房地产经纪人十年啦！"

皮特仍然在找证据证明他的信念是正确的，对于每个人来说似乎都是这样。

在我指出他的朋友仅仅是在吸引证实她信念的客户，他开始明白我的意思。他变得更加清醒，并开始清理阻碍他的那些信念。

注意力

你所注意的事物会在你的生活中加强或扩大。

科学家正在发现越来越多的证据证明，我们人类并非机械宇宙的独立观察者。受到我们信念意图的支撑，我们的注意力创造了我们的经历，这就成为我们的生活。从科学的角度来说，把你的注意力集中在意识的能量场——其中包含一切可能性的波形，这就创造了原子（事件和实体），即你所经历的现实。

这是一个非常重要的概念。让我来重述一次：你所注意的事物会在你的生活中加强或扩大。仅仅这一个观点就能使你有很大的不同。

还记得上次你要买新车的时候吗？你把注意力集中到买车这件事上，结果怎样了呢？突然之间，你注意到很多不同种类、不同型号和不同颜色的小汽车，注意到橱窗里"出售"的标识，注意到报纸上的广告，注意到那些告诉你有朋友想要卖车这类信息给你的人。因为你的专注，你的注意力把事物带到你的意识中来。一旦你买了新车，你的注意力就改变了。关于汽车同样的信息还有，但已不再受到吸引而进入你的意识了。因为你的注意力放到了别处。

想象一个挖煤的人，戴着头盔，头盔上有探照灯可以让他直接看到前方。现在想象你头上也有一盏类似的探照灯发出光束。把它想象成你的注意力。那么你有多少次意识到你的注意力在哪里呢？

有效地集中你的注意力很重要。换言之，不要浪费你的创造力。如果缺乏有意的专注，你就是在随意地散发你的注意力，而没有为你带来任何实际利益。把你的注意力集中在某些积极的东西上面，好的事情就会发生。

这就是树立目标的真正原因。是精神的专注帮助你实现目标。你的专注实际上是在加强你的思想形式，也就是你所说的目标。而不幸的是，我们许多人却被导向到目标的设立是否能成功这上面来，所以，为了避免失败，我们就不设立目标。是的，成功与否的概念是一种信念，是一种非常强烈的共有的信念。

如果生活中有什么你想要的，就专注于那个目标。如果出现似乎阻碍你道路的事物——障碍是会出现的，不要在意这些障碍物。把它们处理掉，但是要始终保持对目标的专注。因为在你专注于清理障碍的时候你可能会想要放弃。想想我们已经讨论过的内容吧。在你专注于障碍的时候会发生什么呢？对了！你的专注正好加强了与障碍有关的思想形式。所以，要保持对目标的专注。

你可能有一个目标，你相信如果有足够的钱就能实现。如果是这样，你就没有专注于目标，而是专注于你没有足够的钱这个事实。得到加强的是没有足够的钱这一思想形式。也许有一个不需要钱就能实现目标的方法呢。因为没有专注于目标，你限制了事情发生的很多可能性，而你或许没有意识到。

维多利亚·希思利是一位按摩治疗师。她总是能得到她所需要的，这让我感到惊讶。她是那种对自己说："我当然可以再有一张长椅。"没过几天，朋友搬出镇子，打电话给她，问她有张好的长椅是否知道有谁要用。如果她专注于担心买长椅的钱，她会失去这些机会。所以，要专注于你的目标！

回忆一下那个相信自己能到达山顶的小蒸汽机的故事。它真正地专注于自己的目标。如果它反复唱着："我办不到的。我关节酸了。我办不到的。我关节酸了。"，你认为他能做得有多好呢？

知道你的注意力集中在什么地方也很重要，因为你实际上是在经历你所注意的东西。在你经历一些不快的事情时，很可能你注意的是限制性或负面的思想。所以，如果你想改变你的感受，把你的注意力转移到其他地方去——一个愉快的回忆、一个不同的话题或任何别的。或者最好是变成一位你的思想的观察者，仅仅是观察思想流过脑海，这样做，会让你感觉很放松，你也可以称之为沉思。通过监控你的注意力集中在什么地方，你会开始明白，为什么你在经历你思想的经历。

在你读这本书的时候，注意你的情绪。如果你察觉到不快的情绪，看看是否你能决定你是由于那一刻看到了什么内容，从而使你的什么信念受到了挑战。害怕、担心和怀疑，可能是世界上最为强烈的三种思想形式。它们会剥夺你所有的欲望。如果你能与这些"匪徒"接触，并清除他们背后的限制性信念，你将会焕然一新。

Ⅱ. 你所想即你所得

自我责任

是你创造了你所有的人生经历这一事实，对于很多人来说只是略微有所领悟。你可能坐在那里怀疑我说的每一个字。没有关系。我只要你考虑前面所说的。好好想想。它有值得探索的可能性，对此，敞开你的心扉吧！

好消息是：随着你认识到是你创造了你的人生，你开始担当责任了——作为你人生的设计师，而不再是受生活随意摆弄的受害者，你变得为自己负责。

明白你为自己的经历负责，并且一直以来都是为自己的经历负责，这给了你开始创造你想要拥有的人生经历的机会，而不是在默认的情况下经历人生。你有着大量的个体力量，

比你想象的要多得多。说到个体力量，我不是说那种你控制
别人的力量。我说的是内在力量——自信和自尊的力量。当
你拥有了这种力量，就没有必要，也没有欲望想要拥有控制
别人或其他任何事物的力量。

有时候，我回想起我早年在企业界作为一名年轻经理的
时候。我们有几个高管在我看来似乎需要力量——那种控制
别人的力量。似乎他们在商务总结环节浪费了很多时间和他
们的才华在靠威吓我们管理团队。他们善于制造让人害怕的
心理和刺激不足的感觉。他们有些人缺乏个人的力量，这是
一种羞耻。如果他们做起事来更像教练一样，肯定我的同事、
我们的生意和我都应该会更好。

从一个新的视角回头看看这种情形是很好的。明白他们
的信念创造了他们的经历，我的信念创造了我的经历，这感
觉很好。这消除了所有的指责。如果某位年轻的经理有这样
潜在的限制性信念"总是我的错"，他会吸引什么经历过来
呢？他总是把自己放在不得不自我辩护的位置，想要证明不
是他的错。这可不是个舒服的位置。而那就是限制性思想如
何运作的方式。我很高兴这一点已经得到解决。随着你开始
体验信念改变后的力量，你想更多了解它的愿望就更强
烈了。

镜 子

当我们稍微更进一步审查"你的信念决定你的经历"这一概念时，我们可以看到你的经历（外部事件）是受到你的信念（内部事件）支配的。这样，你可以用外部的事件来看你真正相信的是什么。我们可以称其为"照镜子"。

你所经历的宇宙映照出你的信念系统。如果想要改变你的经历，你必须改变你的信念。你的生活经历就是伟大的老师，但如果你没有意识到你在这个班上，你可能错过整堂课。当然，课程还会再开，但你知道每年的学费情况！

随着你逐渐了解本书的观点，如果在你有不快感觉的时候，你开始列出一系列给你带来这种感觉的情形、环境或者是人，这样做会对你有所帮助。在之后，当你探索你的镜子为你储备了什么的时候，这些记录会给你一个起点。也想想某个你非常熟悉的人，记下那个人可能相信什么才会有他或她现在拥有的经历。你呢？你生活中有什么经历是你情愿不要的吗？是你持有的什么信念导致了这些经历呢？

大多数情况下，反射回来给你的（你的感知）不快镜像与你持有的对自己的信念有关。缺乏自尊是引起个人对生活不满的主要起因。我们从别人身上看到自己看不到的，还有我们自己不会接受的信念，这样，我们经历自己所定义的不足和限制性信念（其中很多是看不见的）。下次你对某人有意见的时候，回想看看，在某种程度上是否也在自己身上发现有同样的特征，而这是你不喜欢或是没有接受的。

不管是口头上还是在心里面，如果你对别人的行为发表评论，而这个评论是带有情绪的，你就是糊涂的。情绪很好地说明：你有机会发现自我，也有可能找到目前问题的解决办法。如果你只是观察别人的行为，仅仅是注意到这个行为而不带任何情绪化的反应，你就是清醒的。

我认识的每一个人都如此自私！

评判与信念相关。

如果你发现自己在发表评论，不要感到惊慌。如果你愿意改正，这种行为也需要时间才能改变。这其中的每一个评论都与某个信念相关。可能需要一些时间找出所有这些信念。但是，追寻这些信念的时候要对自己好一些。为了评判别人而评判自己只会把问题复杂化。

在我小的时候，经常听到我爷爷和爸爸批评、评论别人——那些和他们不同的人。那些不同种族、人群的穷人被视为"天生懒惰"，而那些"肮脏的富人"则是"恶棍"。我并不认为这其中很多观点对我产生影响。我们学校只有一个黑人，并且我非常喜欢他。他心情总是很好，总能把我们逗得开怀大笑。后来的生活中，我也有其他和我不同种族的朋友。

这样，我从不认为我对种族有什么问题，直到我深深地爱上了一位我梦想中的女子。在我们约会不久之后，她告诉我，她之前与一位黑人男子有过交往。我很吃惊。我的评判又摆在了我的面前，不再透明。我对那种与黑人男子交往的白人女子有很多的看法。所以，我要么退出这段关系以证明我是正确的，要么再审视我的限制性信念。这些信念当然都与我现在正在交往的白人女子不符。精神的矛盾是痛苦的。

幸运的是，她理解我。这样我能够接触自己对目前状况的限制性信念，并且让它们散去。经过了几个月难熬的心灵探寻，我才把它们驱散——更别提它们引起的男性的不安问题了。

事情总是为了某个好的理由而发生。几年后，在我去探望女儿的一个周末，我最小的女儿向我们介绍她的新男友。你猜到了吧——他是个黑人。我很高兴我对此一点都不介意。

他是一个不错的小伙子。而且，把那个问题抛在脑后的感觉也很好。

每次你抛却了一个限制性信念，生活就变得越来越平静。精神上的喋喋不休消失了。是你对外部事件的评价（感知）制造了你相应的经历。如果你不喜欢你现在的经历，你总是可以修正你对发生的事情的评价。

积极的态度

随着你对能量振动、思想形式和注意力集中有了新的理解，现在你应该可以清楚地看到，为什么如此强调要有积极态度或积极信念。积极信念创造积极思想形式，而积极思想形式吸引积极的事件和情形到你的生活中来。

我过去常常认为，拥有积极的态度是我们每个人都要有的某种东西，这样我们才能为别人所接受。但是保持真正的积极的影响，在于你的存在状态——你的震动状态——还有它会给你带来什么。

只有假装有积极态度的人，才可能更让人接受，但他们仍然会根据他们真正的振动状态吸引事件。他们发射出来的能量会吸引他们的情况。所以，我要说的很清楚了。随着你对思维的基本原理有了新的领悟，你应该会要想立即开始自己专注于积极的思考。要接受这样的态度——你生活中发生的每一件事都是为了某个好的理由。这会让你有一个很好的开始。

在我早年的职业生涯中，有一次到芝加哥出差，因为大雪，被困在芝加哥国际航空港三天。地面有几英尺厚的雪，一切都处于静止状态。第二天，餐馆开始食物供应不足，困窘的母亲面对哭泣的孩子不知所措，人们对这一切感到厌倦，主要是由于不知道这种情况何时才能结束。

这种情况引发的不同态度让人吃惊。我看到了最糟的，也看到了最好的。有些旅客是彻头彻尾让人讨厌、贪婪，只想着他们自己。我想知道，他们对于个人的状况有着什么样的信念，以至于会有这么糟糕的经历。而另一方面呢，大多数人特地去帮助别人，尤其是帮助那些有小孩的人。

人们在那种情况下的经历，与他们认为发生了什么事情直接相关。下次你处在一个难挨的境况中时，环顾四周，看看其他人会有着什么样的信念，以致会有他们此刻的经历。也看看你自己的经历，你应该也能发现点儿什么。是什么信念制造了你的经历呢？

在我更多地研究思维形式和能量吸引之后，我学到了很多关于积极态度的东西。我不断地看到它的有效性。为了提醒自己保持积极的态度，我想出了这句话："每一件事对我来说都轻而易举。"不管发生了什么,这句话总使我保持在一个积极的思想状态中,所以我能持续地释放积极能量并吸引积极的情况。

这儿还有另外一个真实的故事。

很多年来,我一直很幸运没有在高速公路上爆胎或出故障。而即使发生了这种不便,也总是会发生在问题很容易得到解决的地方。有一次,在我从办公室回家的路上,这一状况发生了改变。在我要从红绿灯路口启动的时候,我的运动型汽车的离合器不灵了。还好没有车跟在我后面。当时我的第一个念头是:"我想知道这会给我带来什么好处。"

在把车推到路边之后,我穿过公路给我的汽车俱乐部打紧急电话。三十分钟之内,汽车就被放到了平板车上,然后我们又上路了。司机把我放在了家门口,然后把我的车运到了保时捷斯图加特店。我很吃惊,一切进展得如此顺利。

第二天,我的修理师达斯蒂打电话告诉我,我的离合器线路的一个零件松了,是一个非常小的问题。然后他问我是否有兴趣卖车。我说我有啊。然后他告诉我说我的车在店里的时候,有位男士过来咨询,哪里可以买到一辆好的保时捷二手车。他喜欢上了我的912E,达斯蒂把我的电话号码给了他,他希望这么做没有什么问题。一周之后我就把车卖给了这位男士。

　　我的离合器线路是为了某个好的理由而坏的吗？我想这取决于你怎么想了。

　　说到态度，你会如何描述对自己的态度呢？是积极的吗？是的，我知道，你可以给我一张长长的单子，列出所有你认为自己不好的地方——你的身体状况不佳（是根据谁的标准呢？），你做了一些糟糕的事情（谁说的？），你这样，你那样。好吧，继续列单子，然后，不带任何评判，只是欣然地接受你自己。"接受"的唯一含义是接受，不带任何评判。"这就是我如何看待自己的。我接受我自己。做我自己不错。"请说："做我自己不错。"太棒了。再说一遍："做我自己不错。"

我很胖。

我不太聪明。

我不太容易交朋友。

我怕羞。

我吸太多烟了。

我跟孩子相处的时间不够。

　　请注意你列出的关于自己的判断（不管是写出来的还是心里面的），是一张信念的单子。不多，也不少。它们是可以

改变的。记住，信念决定经历。你在定义自己的时候也在经
历"你自己"。否则，你是不会相信这个信念的。是的，正如
同情境和事件，你的自我概念——你对于自我的信念是你的。

我早年的时候，有着许多人所渴望拥有的——一份好工
作，一所大房子，一位漂亮的太太，三个我疼爱的女儿。但
在内心深处，我的一部分想要自由，所以我离开了那一段十
七年的婚姻。可我内疚于破坏了我深爱的四个人的生活，而
这种感觉改变了我对自己的看法。

在之后的六年里，宇宙反射回来给我的是，我持有的一
个深深的信念（而对我来说是透明的）——我做了非常可恶
的事情，我应该为此受到惩罚。我的第二次婚姻和几份管理
层面的工作结局都令人失望。自然，在那个时候，我不知道
我的信念制造了我的经历。

最后，是我女儿艾伦申请大学时写的一篇文章片段，给
了我看待这个情况的新视角。

我的父母在我快满13岁那年离婚了。那个时候，我认为
这是可能发生的最大悲剧。但四年后，尽管有悲伤和迷茫，
这种情况给了我一些很好的机会和经历。

在我到各个地方看我父亲的旅途中，我得照顾我的小妹
妹。因为我们彼此依赖，我们的关系变得非常亲密。

因为父母的离异，我得早早地就变得更加独立，而没有这件事我可能不会这样。我想，学会自己做很多事情而不是依靠别人，这对于我的个人生活和学业都有所帮助。

——艾伦·多伊尔，大学申请书

这种积极的观点让我开始检查"我毁了我的女儿"这一错误的信念。我意识到我的内疚是我自己造成的。我需要以一个新的方式来看待这个情况。今天，我的三个女儿都大学毕业了，并且在为她们自己创造成功的生活。

接受你自己，就像现在这样的自己，是探索你对自我的限制性信念的第一步。接受，让你不再拒绝经历像你这样的自己，并让你保持积极的能量。它也释放了没有充分利用的能量，这样，这些能量能够用于评价和改变你想要改变的信念。注意，我说的是"你想要改变的信念"。你有相信你愿意相信的自由。只改变你想改变的。毕竟，这是你的经历。

经 历

我多次使用了"经历"这个词。"经历"的真正含义是什么呢？经历，如同我所指的，仅仅是与你的感觉相接触。这就是你能经历任何事情的唯一方式——你必须感受它！这听起来够简单了，但我们很多人不允许自己去感受。其结果是我们没有充分地经历人生。

　　驾车在高速公路上，你有没有突然意识到，刚才开了二十英里，而你却没有注意到？为什么会这样呢？因为你的注意力在别处了。你错过了经过的美丽的乡村，阳光在秋天的叶子上发出的光芒，两只鹿在白色的尖板条栅栏后面吃草，你也错过了这一切带来的感觉。经历三十分钟的通勤和充分经历从办公室到家里的路程是有区别的。

　　在几年前的一个 Hakomi 疗法（Hakomi 疗法是一种体验式的，以身体为中心的心理疗法。由罗恩·库尔茨于 1981 年在科罗拉多的博尔德创立。现已发展成为在世界范围里教授的一种优雅、柔和而又充满力量的治疗方法。——译注）训练中，我最后意识到了不同之处。在 Hakomi 治疗中，焦点在于让顾客接触这一刻，他们对于前一状况的身体经历（感觉），而不是把它说出来。"留神"这个术语就是用来描述这个概念的。

　　所以，为了充分地经历一件事，你必须留神。你必须把你的注意力放在你的感觉上。下次你在车里驾驶的时候，看看你经历这个旅程能否有些不同。

　　你有没有"不理会某人"，因为你不想要与他们一起或听他们说话的经历（感觉）？但你得确保，不要在大部分的生活中"不理会自己"。

时不时的，我们都想要与别人交流我们的感受。像"爱"、"高兴"、"欢乐"、"兴奋"是用来表达不同程度的"感觉好"的文字象征。"乏味"、"憎恨"、"悲伤"、"疯狂"是感觉糟糕的象征。你的经历要么感觉好，要么感觉不好。不管我们每个人如何做到这一点，我们所有人的成功，就是找到什么使我们感觉好。而感受任何事物（经历任何事物）的唯一时间是此刻，是现在。糟糕！那个现在已经走了——永远地走了。

真的，生命的时间之线是由非常短暂的，"现在"、"此刻"组成的无限延伸之线。已经发生的"现在"我们称之为历史，或过去。我们再也无法经历过去。

你说："但是过去发生的事情让我经历了的很多痛苦。"可能是这样，但是你并没有正在经历过去。你是在经历你对过去的信念。这又是一个那种非常深奥的微妙区分。对于未来也是如此。是你的事情或信念，通常以忧虑的形式出现，引起了不快的现在发生。不让你自己享受每一个连续的现在——生活是多么容易的事啊，这难道不令人吃惊吗？

有意识地明白你"现在"的状态很重要，这与建立你未来的"现在"有很大关联。如果你在这个"现在"积极，在有意地专注于对未来的渴望，对于实现你的愿望没有限制性的信念，你的愿望变成现实就有指望了。而不幸的是，我们许多人对于自己的能力心存疑惑。这些疑惑就是信念，但是它们对于我们的创造能力有着消耗的效果。像我早些时候说的那样，害怕、担心和疑惑对我们大多数人来说是最强烈的限制条件。

玛丽·伯梅斯特是 Jin Shin Jyutsu 公司的创始人。（Jin Shin Jyutsu 是源自日本，通过人体穴位的能量的交换而进行的身体疗法。——译注）她说："担心就是为你不想要的事情祈祷。"还有"害怕是看来真实的错误证明"。我也在别处听到过"担心就像一张摇摇椅，它让你有事可做，但让你哪也去不了"。当你能够消除害怕、担心和疑惑背后的限制性信念，你的生活将开始变得更加顺利。

为什么你得不到你想要的?

到现在你应该清楚了，是你持有的强烈的限制性信念在阻碍你发挥全部的潜力和实现你的梦想。进一步来说，你所有的信念中，最为关键的，是与你对于自己的限制性信念有关。

没人能超越他或她持有的自我形象或自我概念。这是不可能的——信念决定你的经历。如果你无法想象自己能做某件事或成为某个样子，就算了吧！这是不可能发生的。而另一方面，如果你能坚持梦想，清除所有说"你不行"的限制性信念，梦想就是你的！

为什么现如今有那么多"自救"方面的资讯，而并非每个人都快乐呢？为什么人们不能总是得到他们想要的？为什么这么多人努力地去实现一个目标却在灰心受挫中放弃？你参加了多少个"自救"或"动机"方面的工作室，却在不久之后，兴奋都消失殆尽呢？

什么事都是个挑战。

生活艰难。

我很蠢。

我不相信女人。

我得保持沉默。

如果有一个一天对自己说"我很有钱。我很有钱。我很有钱"上五十次的人，你认为他真正的信念是什么呢？你答对了，他真正的想法是他没有钱。

实际上，他也是在强化已经阻碍他变得富有的思想形式。他很快就会看到他的努力没有任何结果，于是在灰心中放弃。他的限制性信念可能与钱有关，但很可能是一种个人信念，比如他不值得有钱，或是其他相关的信念。

在我开始探索信念系统的时候，我吃了不少苦头才学到这一点——经历是由你的信念系统之和，还有你的精神集中点，即你的注意力决定的，不仅仅是你有选择地去创造的那些经历。我想，既然我懂这些关于宇宙如何运作的深刻知识，第二天起了床就很容易地可以创造我想要的。然而，这并没有用。而且如同你可能猜到的那样，我对自己产生了很大的挫败感，也对自己感到很生气。我猜想我有一种透明的信念——我是要吃苦头才学到东西的。

我们已经知道，信念可以是鼓舞性也可以是限制性的。从鼓舞性信念或愿望中减去限制性信念就是你的信念状态。如果你加上 2 再减去 2，结果等于几呢？对了，等于零！这就是我曾经不理解的地方。我仍然陷于这样错误的想法，那就是如果我足够努力相信自己想要的，我就不必在乎自己的缺点。而且我认为自己没有多少缺点。

不过我还是以我旧有的信念行事，"如果我再努力一点，就能成功。"我很快明白这一旧有的信念仍然能够带来力量，并在我头脑中居于主导地位。在我明白了前面的道理后，我重新专注到努力解决我的亏空上来，即我的限制性信念。是的，我的确找出了一些。实际上，是很多。不久之后，找出这些信念成为了一种乐趣。它意味着我距离清醒又近了一步。

打个比方来说，我们可以看看下面的资产负债表。像传统的计算一样，在这张表格中有两栏。左边一栏是资产（鼓舞性信念），右边一栏是亏空（限制性信念）。左边每项相加得出"总资产"，右边每项相加得出"总亏空"。

资产负债表

资产	亏空
鼓舞性	限制性
我很有钱。	我从来得不到我想要的！
我很有钱。	
我很有钱。	
我很有钱。	
总资产	总亏空

第一眼我们就可以看出，由于多年的能量累积，"我从来得不到我想要的"这一旧有的限制性信念变得非常强大有力。你得不停地在资产负债表左边加上"我很有钱"这一信念才

能克服强大的限制性信念。首先，在这一情况中，"我很有钱"并不是一个真正的信念。只不过是一句话而已。它是一种愿望，或者最多是一种希望。如果这是一个信念的话，就不必不断重复了。进一步来说，这句话每重复一次，"我从来得不到我想要的"这一真正的信念就得到加强以完成它最初的意图——确保你得不到你想要的。

这里大体上有两种信念在起作用：

"我从来得不到我想要的。"

"我没钱。"（暗含之意）

在这种情况下，为了有真正的改善，必须清除"我从来得不到我想要的"这一信念。

尽管有数不清的自我发展方面的书籍、磁带和工作室，而且都有着良好的意愿并能带来真正的好处，然而在很多情况下，好处是暂时的。这是因为许多技巧并没有针对你经历的起因。他们试着实施的新技巧是专注于压制或围绕过去的情况，以此来创造新的期待的境况。这种方法需要不断的勤奋和努力，但这不久就会让人感到疲劳和厌倦。学生通常会在灰心中放弃。

局限性成功的主要原因与我们之前谈论过的限制性信念有关。旧有的限制性信念必须清除。试着去压制它们并不是使用时间和能量的最好办法。为了永久地改变你的经历，你需要用新的信念来压制旧有信念，转变到辨别出并消除对你不再有好处的旧有信念。在你还是个孩子的时候，这些限制性信念可能是合适的，但作为成人来说它们阻碍了你。

这就像在花园中种植花朵一样。如果你不在种花之前松土并把所有的杂草拔出来，最后你得到的是一地的杂草，而里面只有几朵花。这看起来是有一些收获，但不是期待的结果。如果你先松土，再除草，然后再播种，没有多久，你就会拥有一个美妙的花园，里面种着你最喜欢的花朵。

另外一个看待同一概念的方法是，想象你朝着玉米地另一端的靶心射箭，玉米秸秆（限制性信念）挡住了箭头行进的道路。与其在拉弓的时候更用力以便让箭穿过玉米秆，不如把你和目标之间的玉米秸秆搬开。现在，只要瞄准目标，正常地用力拉弓，就可以击中靶心了。

人们花了很多精力和金钱寻找方法，以得到他们想要的东西，比如快乐、金钱、爱情、工作，但最后都在灰心失望中放弃。而达成心中真正愿望的秘密就是：要专注于消除障碍——消除让你在生活中产生挫败感和恐惧感的限制性信念。

Ⅲ. 得到你想要的

保持积极的环境

用你所学的知识来为你所用。第一件要记住的事情是在一段时间内，你会经历你过去的思维形式付诸行动的结果。承认这一点会发生，并从这一刻开始，有意识地设计你在未来想要拥有的经历。

在你发现并分析以前那些不断影响你的选择时，你需要做的是为自己创造一个积极的环境，通过建立你自己版本的"什么事对于我来说都轻而易举"的信念，来创立一个积极的人生态度。我说"你的版本"，因为这很重要。是你的信念在起作用，而不是我的。

这需要一些练习，但随着你加强鼓舞性的思想形式，你会注意到你情绪反应的不同之处。接受这样的道理——你能从一切经历中学到东西。

为了进一步改善你的环境，你要专注你周围积极的事物。要把玻璃杯里的半杯水看成是半满的而不是半空的。要确保你把注意力集中到你想要的内容，而不是你不想要的。如果你想要更多钱，就专注于如何赚更多钱——而不是你没有足够多的钱这个事实。时常想想你所学的关于思想形式的知识：你不想用你的精力来加强限制性思想形式。要把你的注意力集中在你的愿望和目标上，要加强这些思想形式。你总体的意图应该是保持你的积极能量。你知道那意味着什么——你越是保持积极，你就会吸引越多积极的经历。

然而，有时候你感到并不积极。这是人之常情。我不是在鼓励你否认或避免不愉快的感觉或情况。因为经历这些不快，是你人生成长过程中重要的一部分。我说的是经历它们，但是要尽快地继续前进。要培养你振作精神的能力。而随着你清除限制性信念，振作起来就会变得越来越容易。

我有一个朋友，他的咨询师告诉他，要释放他的恐惧，他得去经历恐惧。这么说可能有道理，但是这种经历没必要持续多年。经历和释放可以在短短数分钟之内完成。

我和我的管理团队经常在事情进展不顺、我们都感到灰心的时候开玩笑说："好吧，我们在这儿坐五分钟，吮吸大拇指，然后忘了它。"我们这么做了，而且行之有效。因为，当你看其他五个成年男人在吮吸他们的大拇指时，你还能难过多久呢？

相信自己

你要有这样的信念——你能在你的生活中做出你想要的改变，这一点也非常重要。如果你认为你不能控制自己的变化，那么就此打住吧，因为要是你不相信，这会否定任何你想要做的事情。记住，你能改变的只有你愿意承担责任的事情。所以，建立你自己版本的信念——"我为自己的经历负责，并且我能把我的生活变得更好。"你能做到的！要相信这一点。相信你自己。

不过，我希望你不要期待你生活中的每一件事情都会在一夜之间发生奇迹般的变化。如果确实发生了，那很好。然而基于我的经验，你得有点耐心才行。这句话听起来像是限制性信念，但我宁可看到你一点一点地进步，而且坚持下去，而不是看到你想要登上月球却在灰心中放弃。你的信念库是数年才建立起来的，要经过一些研究才能接进库存。然而，开始改变过程的时间就是此刻。

"过程"是一个重要的词。过程是经历一段时间发生的某种东西。而变化就是一种过程。可惜的是，我们很多人希望变化是一件事，有着立即发生的结果。生活本身就是一个过程——不断在变化，不断在展开。

你很可能想知道你的变化过程会有多久。你想要切实的答案吗？答案是永远！别慌——你会想要继续自己的成长和改变的过程，以无限地拓展和加深你的经历。这样"永远"就变得很有吸引力了。个人的成长是一个终身的过程。所以，改变你想改变的——按照你自己的速度。你经历你的世界。你的经历你做主。

提高你的自我意识

随着建立了良好的情绪环境，拥有了能够成功的自信心，现在你需要扩展你对于自我的意识，这样，你就能够开始辨认出你的限制性信念。

补充短语

让你的信念浮出水面，最简单的办法是做简单的短语填空练习。这涉及立即完成某些短语的结尾，以此让潜意识思想带出未经审查的信息。一旦你让逻辑的、理性的思想过程介入，你就开始判断这个信息，这样思想的自由流动就停止了。在第四部分的信念绘制练习，会帮助你找出你的一些限制性信念。为了更好地了解这个概念，看看下面的几个例子。

我结婚了。

我个子高。

我很胖。

我很担心。我杞人忧天。

我老了。

我老是迟到。

我很善良。

我很穷。

我从不满足。

我……

注意，这些例子中显现出来的限制性信念有多少。它们当中有些话是不是看起来很熟悉呢？

监控你的自我对话

监控你的自我对话，是一种开始了解你持有什么信念的好办法。自我对话是你在日常生活中做事的时候，发生的一种持续的内心或口头的对话。就是与你自己的对话。对我来说，这通常是内心的。我很高兴地说，自从我开始清除我的限制性思想形式，很多批评性的自我对话消失了。现在我能找时间来体验这一刻。你同样也可以做到。

你在自我对话中通常发生的事情是，你精神上并没有在经历我们之前讨论过的"现在"。自我对话要么是使你咀嚼某个已经发生的事情，要么是为你害怕发生的某个事情烦恼。大多数这样的自我对话都是非常无益的。常常是关于某个你做过或没有做过的事情，或是关于别人做过或没做过的事情。通常来讲，这都是没有什么结果的主观判断。另一方面，如果你把时间花在告诉自己你有多棒，那就很好。

做一个自我对话的观察者，你可以了解到你的很多限制性信念。把你想象成为一个微型的私家侦探，然后坐在你的肩膀上做笔记。这个人专注于什么？倾听你自己的信念。把它们写下来。有多少是自我批评的？自我批评是非常限制性的。学会享受捕捉你的自我对话，"啊哈，这下你可又栽到我手里了!"

对自我对话的另一个方法是找一个你的忠实听众，比如你的配偶，一个对你很重要的人，或是一个可信的朋友来帮助你，记下他们听到你所说的话，尤其是在你难过的时候说的话。只是你要确保自己对此准备好了，不要否认，不要辩解，不要枪毙信使! 仅仅是注意他们记下的信念，想想对此你想怎么做。其中是否有些限制了你?

注意你的影像

提高你意识的另一个方法是监控你在宇宙这面大镜子中的影像。回想关于映照的讨论,即你生活中出现的事件、情况和人会给你映照出你在宇宙中投射出的样子。为了说明事件反射回来给你是什么意思,我要和你讲一个个人经历。

我的习性之一是有条理。任何东西都各就各位,并且任何时候都保持干净整齐。正常情况下这种特点是一种财富,但走到极端就成问题了。让我烦恼的一件事情是毛发的脱落——猫毛、狗毛、还有人的毛发。没有太大关系。多年来我头发一直很少。还好,我之前的伴侣喜欢光头。而她却有着漂亮的头发——板栗色的,长长的。

有一天,我在浴室里,看到地上掉落一地的棕色头发变得非常恼火。我心里的对话是责备我的伴侣没有过后清理干净。我坐在那里越来越恼怒,突然我有这样一个想法:"啊,我的上帝,如果根本没有头发会怎么样?"

那一刻,某些东西发生了变化,地上的头发转而提醒我,有她在我的生命里自己是多么幸运。我的眼睛流下了喜悦的泪水。

你的爱人挤牙膏是从顶部开始的吗?或是把厕纸倒着放

在卷筒上吗？太好了！现在你也有了提示物，提醒你自己有多幸运！

如果你还没有开始列出让你烦恼的影像，那么现在请列一个吧，并且随着情况的出现更新这一影像。在遇到让你纠结的情况时，问问自己：我认为此时发生的是什么？把你的答案记下来。在 113 页，"一般信念绘制练习"的结尾，我会给你一些提示来处理这些信息。

也要记住我说的关于从其他人那里得到的影像。你对别人做出的评价就是你投射出的一个评价。你实际上是在对你自己做出评价。例如，你注意到别人的行为，并给他贴上了"自以为无所不知的人"的标签，这一评价对你意味着什么呢？我猜想，这反映了你对自己"没有做到无所不知"的不安。

在你做出评判时，就意味着你尚未接受你个性的某一方面。很可能与感觉不够聪明或是因为没有某个学位、某个你可以接受的文凭或培训而感到不足。如果你自我感觉良好，别人的行为不会影响到你。

这就像镜子一样。它给你反射回来信息，让你更多了解自己。当你注意到自己在评价某人的时候，问问自己："如果这是我对于那人的看法，那么这种看法能告诉我什么呢？"记住我前面所说的，不要为了评价别人而评价自己。如果你愿意做的话，需要花一些时间来转变的你的评价。与此同时，承认自己有胆量做出改变。

清除限制性思想形式

为了消除限制性思想形式，你可以用你获得这些思想形式的相同办法。你曾选择了这些思想形式。为了清除它们，你也做出选择。你只是选择这么做。

这可能听起来过于简单，但事情就是这样。有些已出版的书中详细讲述了清除不想要的思想形式的过程，但清除的基本元素就是选择。

实际的清除步骤是简单的，但是对于大多数人的挑战是精神上到达这一步。你能想象，如果你在一本书上读到，只要你集中意念想象自己是在湿润、潮湿、天鹅绒般的草地上，你就可以走过火堆吗？我想，要是没有经过训练，你是不会把鞋子脱下来的。清除思想形式的技巧也有着相同的性质，在大多数人相信他们能够做到之前，必须通过小小的成功经历，帮助他们建立信心。对于什么能做，什么不能做，我们都有着固有的信念，这些信念必须首先处理掉。同样，如果你在清除一个限制性思想形式时，能够用一个鼓舞性的思想形式来替代，这是很好的想法。下面有一个简单的例子。

比如说，你发现了自己有"我什么事都不顺"这一限制性信念。首先，把所有的注意力集中到这一信念上来，然后慢慢地、有意地对自己说，不管是在心里或是口头上，"我有着'我什么事都不顺'的信念，我选择把它从我的信念系统中清除，因为它限制了我。"（在你说出这些话时，你可能想要建立信念能量消失或溶解的图像。）这就是你需要做的。为了替代旧有的信念，就要用一个新的信念来取代它。我选择用"我做的事情都进展顺利"来替代它。

我比大多数人都聪明。

在你能挽救的时候挽救。

我从不放弃。

事情都很顺利。/事情都不顺利。

我喜欢挑战。

我是幸存者。

世道艰难。

得到你想要的

如果你能回想起思想形式的葡萄藤状结构，你会注意到，每一次你清除了一个思想形式，你就往根部思想形式近了一步，最后，你会找到是根本原因的思想形式。另外一个看待思想形式结构的方法是把每一条根的枝权转化成一个清单，根部思想形式就在单子的最下端。随后产生的相似思想形式叠加在之前产生的思想形式上面。这样，最近产生的思想形式就在单子的最上端（枝杈的顶尖）。

思想形式结构

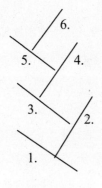

6.	6.我不像以前那样行动方便了。
5. 4.	5. 我就是无法让他高兴。
	4. 我的老板从来不喜欢我。
3. 2.	3.我永远上不了大学。
	2.我看不清黑板。
1.	1.我有点问题。

葡萄藤模式　　　　　　清单模式

思想形式结构

对于那些有信心努力消除限制性思想形式的人，这里要告诉你们一个我最后才学会的秘密技巧。那就是：把清除限制性思想形式的技巧也用在你的疑惑上吧。疑惑就是曾经阻挡我的东西。"能行吗？我做得对吗？今天似乎不行。出了什么问题。我需要更多经验。我需要帮助"，每一个这种性质的思想都会阻挡你的进步，因为如同你已经知道的那样，思想形式会起作用使其成为现实。当你在想："出了什么问题"

时，猜猜你创造了什么呢？所以，当疑惑出现，就用这个技巧清除它，然后继续前进。

另一个事例

比如，说你想清除这个限制性信念"没人在乎我要说什么"。在你开始的时候，你有这样的想法"我不确定我知道如何做好这件事"。这就变成了你要处理的一个限制性信念。这样开始，"我有'我不确定我知道如何做好这件事'的想法，我要把它从我的信念系统中清除，因为它限制了我。"

然后你有这样的想法："我不确定这行不行。"同样，这么做：我有"我不确定这行不行"的想法，我要把它从我的信念系统中清除，因为它限制了我。

接着回到原来的限制性信念，"没人在乎我要说什么"。如果在你清楚原来的思想形式之前有别的疑惑出现，采取同样的办法——清除它。开始的时候，如果有很多这样讨厌的疑惑出现，不要感到惊讶。要为自己感到高兴，因为你又找到了一个疑惑并且清除了它。继续吧！后面的清除会越来越容易的。

Ⅳ. 行动中的思想和信念

　　第四章提供了与思想和信念相关的概念的事例，并且为运用这些概念改善你生活的方方面面提供了建议。

　　在有些情况下，我重复有关发现你限制性信念的事例，是因为我想让你对此如此熟悉，以至于成为你的第二本性。你可能在经过了一些练习之后，发现你驾车行驶在街上时，脑子里在做这样的练习。

　　如果你孜孜不倦地遵循这一建议，你会看到你的人际关系、个人健康、事业发展和财产收入，还有你表达你愿望的能力以及你应有的内心平静感，都会有很大的改善。你就是在创造你想要的生活。

升级你的生活

如果你了解当今的广告的话，你很清楚，你能升级你现在拥有的很多东西。你能给你汽车的点火系统升级，以提高它的效率；你能给你的个人电脑升级以提高它的计算和存储能力；你能给你的电脑外设升级到无线设备；你能升级你的保险政策和财政投资；而且，如果你要改造你的房子，你可以升级你房子里的任何系统。升级对于每一个人而言，都是一种生活方式。它给了我们一种随着我们需要的改变而调整生活，使其变得节约化和标准化的能力。

在你的生活中还有另外一个升级的机会，这一升级要比你可以想到的任何别的升级意义都要重大。可惜，没有多少人意识到这一决定我们生活的基本原则，所以我们没有对它的升级多加考虑。

基 础

我们在生活中经历的每一件事的基础，来源于我们向宇宙发出的思想，还有我们附带的信念。我们的信念，就是那些我们认为对我们来说是正确的思想。它们源于我们自己的思想或是从别人那里得来。我们所有的信念积累起来，就组成了我们个人的信念系统——这是我们经历人生的一张蓝图。

多年前，在我们年轻的时候，我们很多人就构建起了个人信念系统的基础。我们对于很多事情有了自己的信念：我们的价值、我们的能力、我们的环境、我们与他人的关系、我们的朋友、我们的父母、金钱、男人、女人、性，什么能做什么不能做、什么是对、什么是错……不胜枚举。我们有多少人过着今天的生活，而其信念系统是被源自儿童时期的限制性信念主导的呢？不幸的是，答案是大多数人。如果不升级我们的信念系统来替换那些限制性的信念，我们会从一个小孩的角度，来经历我们大部分的人生。听起来很荒唐吧？问问你自己下面这些问题：在生活中做你想做的事情你需要得到谁的允许？你担心伤害别人的感受吗？你会为了不让别人难过而说谎吗？你会以某种方式行事，所以你在乎的某个人不会为你伤心吗？你花很多精力来达到别人对你的期望吗？你担心你看起来好不好吗？你在这个世界上感到安全吗？你担心成为别人的负担吗？你总是说出你的想法吗？或总是保留你的想法？

如果你对任何一个问题的回答是肯定的，你可能会想要考虑做一些升级了。每一个问题都指向你信念系统中的某种阻碍你精神自由的东西，阻碍你成为真正的自己的东西。

升 级

"哦,"你问道,"现在我知道升级对我的好处了,那我该怎么做呢?我该怎么做才能发现和升级我的限制性信念呢?"

从把宇宙当成一面镜子开始吧。把你遇到的每一个经历,看做是你信念系统的影像。尤其注意那些高度受到情绪控制的经历。你不是在寻找问题,只是在注意存在有什么。如果有什么你不喜欢的事情出现了,问问你自己:"我有什么样的信念才会有这样的经历呢?""我还有什么别的信念才会有这样的经历呢?"不断地提问和回答,反复如此,直到你得到了"啊哈"那种顿悟感觉的答案为止。当你有一种顿悟的感觉,很可能会感到激动,那时,你就找到了根深蒂固的信念了,而这就是你给你不愉快经历的起因。有了这种新的意识,你现在就可以用更鼓舞的信念来升级你的信念系统了。

为了从这一技巧中获得最大的益处,看看你人生中的主要方面,比如自尊、人际关系、金钱、性生活,还有事业方面,都有什么你不想要的情况,然后看看你能否根除和升级你的限制性信念。

心存感恩

在我还是一个小男孩时，我大部分时间都和我的祖父母在一起。每次吃饭之前，爷爷都会做谢恩祷告："亲爱的耶稣，我们低头鞠躬，感谢你赐予的食物。阿门。"那时候，爷爷的话对我来说并没有什么特殊的意味。只不过是我们吃饭之前要说的话而已。然而回想起来，我知道，他的祷告是我对于"感恩"最初的记忆之一。他是在表达他对于有饭可吃的感恩。

我上床睡觉的时候，妈妈总是坚持要我祷告："现在我躺下睡觉了。我祈祷上帝保留我的灵魂。如果在我醒来之前死去，我祈求上帝带走我的灵魂。"这是感恩的另一种表达，表达的是对生命的感恩。

长大后，我们学会了表达感恩的恰当方式。我们学会了说谢谢，学会了鼓掌，学会了鞠躬，学会了赠送礼物，学会了微笑，学会了大声说出我们的感激。我们通常向其他人或是一个看起来更有权力的个体表达感激，以此来表达我们对得到的某样东西的感恩。

感恩的另一方面是敬畏某样东西或是某个人——高度地尊重它、他或是她。我们感恩某样东西可能是因为它是强大的象征，比如美国国旗；或是因为它打动我们，比如有着稀世之美的东西。我们也可能会感恩让我们感动的经历，比如凝视夜空中的星星，沉思宇宙的广阔。感恩是我们大多数人时不时都会做的，且都经历过的。

你能想象总是处于感恩的状态吗？当你感恩某物或某人时，你感觉如何？你感觉很好，不是吗？感觉就是第一个提示。感觉好，这不是我们都孜孜以求的吗？

通常，我们都说想要成功，但是成功对于我们大多数人的意思，是经历那种好的感觉。我们感觉好的时候，我们就不会有太多的欲望。我们的能量处于积极和轻松的状态，然后我们吸引更多积极的情况、情境和事件到我们的生活中来。生活似乎很容易。

因此，似乎我们为了一直有好的感觉，要做的事情就是心存感恩。但我肯定，你心中已经浮现出一串你无论如何努力都不会感恩的人或事。

当你发现你无法感恩的某物或某人，是什么使你无法感激呢？是你已有的主官判断，不是吗？这就是秘密所在了：为了心存感激，你得放弃主观判断。

自从詹姆士·雷德菲尔德塞的《塞莱斯庭预言》（被誉为现代西方社会的"醒世恒言"。该书讲述的是生命能量的流动，生命能量在关系当中所起到的作用，以及如何通过大自然获取这种生命正向的能量。——译注）和狄巴克·乔布拉（被誉为当代最具原创力及最有深度的思想家之一，是主张身心调和、心灵意志至上的医学博士。1999 年，被《时代》杂志选为"20 世纪顶尖的一百位偶像与英雄之一"，形容他为"另类医学诗人——先知"，他是无数世界政商与好莱坞名人的心灵导师。——译注）《成功的七项心灵法则》出版以来，不带批评性这一话题变得非常流行。在近期的一个有 80 人参加的培训工作室中，当问到："你们当中有多少人在训练自己不带批评性？"几乎每一个人都举手了。经过一番讨论之后，显然，要放弃批评是很有挑战性的。现在人们更能意识到自己是否带有批评性了，于是他们批评自己有批评性的想法。这又使得问题更加复杂。

　　不带批评性，并不意味着停止谈论你对之有批评意见的人或物。它的意思是消除整个批评性的思想。在我看来，要做到这一点只有一个办法。那就是消除批评性思想的源泉。而要消除批评性思想的源泉，就要清除引起批评性思想的限制性信念，学会把注意力集中到现在，而不是过去或未来。

　　在消除使你担心、害怕和疑虑的限制性信念的时候，专注于此刻，可以让你不去担心、害怕和疑虑。专注于此刻，有助于使你关注和感激你所拥有的，而不是你没有的。专注于你拥有的，你就会心存感激。就算存在你想要在今后改变的事情，你也会感激你现在的拥有。如果你专注于没有的东西，你的心中就没有感恩，你的能量会变得消极，你的感觉会很糟糕，然后你会吸引到更多不好的情形。

记住，你创造性的能量跟随你的注意力。你集中注意力的东西会在你的生活中扩展。所以，从感恩开始做起吧，每时每刻感激你所拥有的，你就会吸引更多值得感恩的东西。你就能开始在每时每刻创造出你所需要的。

停下片刻，老实问问自己："我现在有我需要的一切吗？"不是你最终想要的，而是必需的。如果你现在有你需要的一切，难道你不能欣赏和感激你所拥有的吗？如果你能把这一经历推及未来的每一刻，你就总能拥有你需要的一切。

你的注意力已经专注现在了，那么，就开始寻找产生批评性思想的限制性信念吧。问问你自己："我相信什么，所以才会有这样的想法呢（比如让你最为烦恼的想法)？""我还有什么别的信念才会经历这样的思想呢？"不断这样重复问自己，直到你发现了产生批评性思想的根部思想。在你发现它的时候，你会有顿悟的感觉，或许会掉下眼泪呢。这个信念很可能与一个你做出决定（产生信念）的痛苦情景相关。现在，你可以从一个新的视角来改变它。

在你用清除限制性信念这一简单的技巧来处理你的信念库时，你会注意到你批评性的思想减少了，你的心灵变得更为平和。这可能要花些时间，所以，要对自己有耐心。如果你继续清除你的限制性信念，保持现在关注于你拥有的，你就能渐渐生活在感恩之中。人是否能总是心存感恩呢？这值得一试！去试试吧！

经历你的选择

在我小时候，家里要是有了矛盾，通常是母亲和我之间的矛盾，我就会跑到我外婆家里。因为只是相隔两个街区，所以我敢自己跑去。不过确实，不管发生任何情况，外婆家都可以即刻成为我的避难所。我管我的外婆叫"姥姥"。她说话很小心，从来不会偏袒谁。在她厨房的炉灶上有一个猫头鹰形状的饼干罐子，里面总是放着巧克力饼干。她还会一边抱我舒服地坐在她腿上，一边听着收音机。

姥姥家里总是有很多食物，随时都可以吃。她总是说："你可以想拿多少就拿多少，不过你得把拿的东西都吃完。"她不喜欢浪费东西，尤其不喜欢浪费粮食。这一规定对我来说不错，所以，每次从厨房出来，我总是把口袋装满了饼干和糖果，并且毫无内疚感。

有一天晚上吃饭的时候，我在盘子里盛了太多东西，吃不完。正如姥姥所说的："你是眼大肚小。"无论我如何恳求，姥姥也不答应。她让我坐在那里，直到我把盘子里的东西吃干净。吃了好几个小时，我感觉糟透了。这是我永远难忘的经历，这是我最后一次在姥姥家吃成一只小猪。

而我却几乎没有意识到，这件小事是我们如何生活的最初事例。这是关于做出我们要经历的选择。

我们在生活中做出的真正选择，是我们头脑的思想和我们认为是真实的信念。我们的思想和信念以一种微小的能量波存在，它们在宇宙中运作产生我们在生活中经历的环境、情况和关系。宇宙就像姥姥，不会对你放松。如果你把思想能量放到宇宙中，你就得经历它。圣经说："种瓜得瓜，种豆得豆。"而且，如同你知道的那样，有时候，经历你自己的创造是非常不舒服的。

好消息是，一旦你知道了你是你自己经历的源泉，你就获得了对生活的控制。作为源泉，或者起因，意味着你能改变给你带来困难的状况，而不是责怪别人或是某种其他的能量。

一旦你明白这一点，这就是一个非常简单的概念。但是这一消息让很多人吃惊，因为它清楚地说明，我们都对自己的生活情况有责任。首先，我们很多人还没有准备好承担这一责任。在我最初接触"信念决定经历"这一概念时，我当然也不相信，我对我的生活中发生的所有那些看起来是灾难的事情有责任。但没有什么比过去的经历更能让人明白真相。

我们大多数人能看到，我们在生活中做出的有意识的选择的结果，并且稍加思考，就能认出我们做出的选择和导致的经历之间的联系。大多数人不知道的是，我们生活中的每一刻，也会由于我们没有意识到的信念做出决定。这些潜意识的信念在很多情况下，会负面地影响我们有意识做出的选择。

这里有一个简单的技巧作为提示。这个技巧会对你理解阻碍你的潜意识信念有所帮助。问问你自己："我相信什么才会有那样的经历？"不断地问自己这个问题，然后不断地回答，直到你得到了一个让你有恍然大悟感觉的答案。当你有了一种顿悟，这很可能是与某种感情相伴而来的，你就触及到了根深蒂固的根部信念，这就是引起你不快经历的起因。随着你为自己潜意识和有意识的选择承担起责任，你会对赶走你的限制性信念，从而更加自信、更加有动力。

经历你所有的愿望是值得的。不断清除限制的界限，让你的能量放射光芒。

告别拒绝

有时候，在生活中，我们都有过被人拒绝的感觉。这种感觉可能由很多情况引起。爱人、伙伴、配偶，或是一个亲密的朋友决定要退出这段关系；父母婉拒你假期去看望他们；你强烈想要为之工作的公司拒绝了你的申请；你的家人不喜欢你刚花了好几个小时做的食物。想一想上次你感到被拒绝的时候。那是什么情形呢？

对于我们大多数人而言，被拒绝之类的感觉让人很难受，我们几乎不惜一切来避免使自己处于会触发这种状况的境地。推销产品对于很多人来说，就很有可能触发这种状况，因为他们害怕有人对他们说"不"而引起那种感觉。推销培训师常常这样来训练推销新手——让他们假设自己要听"不"五十次。培训师让大家为每一次"不"感到兴奋，因为这距离第一个"是"又近了一步。这表面上可能有效，但是内心的恐惧仍然存在。"但如果我听'不'一百次呢？"有人可能会想。

我们来看看被拒绝感觉的情形。首先，我们的感觉从何处来？因何而起？你答对了——我们的感觉来自于我们的思想。这意味着我们的感觉是由我们自己决定的，而不是由别人引起的。因为没人能产生我们的思想，思想是我们的，所以感觉也是我们的。被拒绝的想法来自于我们对所发生的事情的感知。这意味着拒绝这件事并不存在。是我们心理的感知给这一事件贴上了"拒绝"的标签。

重新定义拒绝

几年前，我在做职业咨询的时候，有些客户会提到他们寄出求职简历后收到的拒绝信。在他们描述事情的细节时，我看得出来他们是感觉自己被拒绝了。他们把拒绝信放在心上。这样，被拒绝的感知对他们的态度有着非常负面的影响，这对于找工作不是件好事。

为了帮助他们转变视角以保持积极能量，我发明了一个简单的练习。看看它是否对你有用。

想象桌面上放着几样小东西。一个是橡胶做的、一个是木头做的、一个是玻璃做的、一个是塑料做的、还有一个是铁做的。现在，想象一块和这几个物体差不多大小的磁铁、再想象把磁铁移到橡胶、然后移到木头、然后轮到玻璃、再到塑料，发生了什么呢？什么也没发生。现在把磁铁移到铁块那里，发生什么了？啪！磁铁和铁吸引到一起了！为什么？因为他们的特质就是能相互吸引。它们很相配。

那么，是橡胶、木头、玻璃还有塑料拒绝了磁铁吗？当然不是。它们只是有着不同的特征，它们只是不相匹配，根本没有拒绝。磁铁只需要找到和它相配的。

所以，当你发觉自己处在一个可以称作是"拒绝"的情形中，要想想这只是不适合你。你只要对自己说："有更适合我的。"然后继续期待，你会找到一个你的绝配。

在你遇到口头说的"不"时，情况有一点细微的不同，但仍然是你的感知把这一反应当成了拒绝。在有人说"不"的时候，他们只是在说他们的偏好。他们的偏好与你没有任何关系。所以，有人对你说"不"的时候，提醒自己他们只是在表达他们的偏好。有时候，对自己说"这和我无关"也有帮助。在产生被拒绝的感觉时，这些简单的技巧对于转变的你感觉有所裨益。

释放限制信念，根除被拒感

为了真正把拒绝从你生活中根除，你得根除真正引发你感觉的东西：一种你很可能没有意识到的信念。你之前的某个人生阶段遇到了一件痛苦的事情，然后你对发生的事情产生了一种看法（信念）。因为这件事很痛苦，你不知不觉把它塞到你称之为"潜意识"的地方去。现在，当类似的情形出现，在最初的情形中，你感受到的相同的痛苦感觉自动产生了。对此，你似乎无能为力。

我们的感知和经历来源于我们的信念。回想一下那个简单的练习，它能帮助你找出什么信念制造了你的被拒感。

找出一个让你产生被拒感的情形，把你的被拒感称为"那种感觉"。然后问问你自己："我相信什么才会有那样的感觉呢?"不断地问自己这个问题，然后不断地回答，直到你得到了一个让你有恍然大悟感觉的答案。当你有了一种顿悟，这很可能是与某种感情相伴而来的，你就触及到了根深蒂固的根部信念，这就是引起被拒感的起因。有了这种新的意识，现在，你就能用鼓舞性的信念来替代限制性的信念。

如果你发现了一个你特有的关于自我的信念，不要感到吃惊。当我们对自己感觉不好的时候，我们从其他人那里证实我们的价值。而当我们没有得到证实，我们就感到被拒绝了。当我们评价自己的时候，拒绝通常不是一个问题。

如果你遇到了被拒绝的感觉，你要探索你的信念，释放那些限制你的信念。这是永远地告别那些感觉的途径。

让爱回归

西德尼和简正在热恋之中，关系亲密无间。他俩如胶似漆，彼此相爱，没有什么能打扰他们的幸福。

不久，西德尼做了件让简不喜欢的事情。她明白无误地让他知道，不许再做这样的事。西德尼勉强答应，不会再做这样的事了。但他所做的其实是在"抑制"自己。以后，他会抑制他的行为，不是因为他想这么做，而是对简有所顾忌。西德尼这种抑制，在他们的关系中产生了一块"禁止入内"

的区域。这种抑制可以说是在他们之间埋下了一颗地雷。"不要踩上去！会爆炸的！"此外，西德尼在压抑他的自我表达；他在否定自己。自我否定导致心生怨恨。

没过多久，简说了一些让西德尼不喜欢听的话。他对她发泄道："哎呀！最好不要再提那件事了！"简答应了，于是有了另一种抑制。他们之间埋下了另一颗地雷。渐渐地，他们之间的关系中有了越来越多"禁止入内"的区域。不需要多久，这种抑制的乒乓游戏就会让西德尼和简之间几乎布满地雷，稍不留神就会引爆。他们之间的紧张和怨恨随着每颗新的地雷的到来而扩大。

几年后，西德尼和简面对面坐在餐桌前，没有什么是可以谈论的安全话题。他们的关系中几乎一切都是"禁止入内"的。

听起来很熟悉吧？发生了什么呢？

首先，恋爱中的某个人难过的时候，他或她的难过，绝对与那一刻发生的事情无关。而是过去发生的某件事在现在被另一个人的行为或言语激发。所以，如果西德尼的行为惹恼了简，简的生气并不是他的责任。带有这种情绪的人对自己的情绪有责任。因此，西德尼没有必要考虑为自己辩护。让西德尼以后抑制自己的行为，对简来说也没有什么好处。如果西德尼抑制自己，就让简失去了可以帮助她解决问题的机会。她需要解决的，在找到她生气的表面之后是什么，这样她就不会再生气了。如果简情绪良好，那么西德尼就可以做他之前做的，而简可能注意到并谈论这件事，却不会有情绪上的反应。是情绪上的反应让你知道眼下有机会修复这个问题。

我并不是建议你故意去惹恼你的伴侣。我的建议是做你自己。如果你的行为不小心惹恼了你的伴侣，记住你伴侣的反应并非你的责任。你伴侣的情绪是由他或她的思想产生的，而他或她的思想是由他或她的信念系统发展而来。情绪的源泉是带有这种情绪的人。(如果这一点能有更多人明白，就会减少很多人际关系的冲突。)

当你的伴侣难受的时候，这种情绪很可能是无意识信念的结果——一种你的伴侣没有意识到的限制性信念，而这种信念被一件小事激活了。用下面这一简单的办法，你能帮助他或她意识到限制性的信念，然后释放掉。

在你的伴侣难受时，要和他或她好好呆在一起，不要离开，但要避免你自己受到这种情绪影响。给你的伴侣一个关爱的空间，让他或她探索发生的事情。你可以温柔地说："你认为刚才发生了什么?"在你得到答案后，不管有多么不合逻辑，你都温柔地问道："你上次有这种感觉是什么时候?"记住这个答案，然后问："在那之前呢?"每回答一次，都重复问这个问题。直到你的伴侣找到了和刚才发生的事情相似的最初的那件事。你的伴侣会突然有"啊哈"那种顿悟的感觉，然后明白了引起难受感觉的限制性信念。这一认识通常会释放这种信念，还有它产生的情绪。你可能得准备好一盒纸巾，并给予几个拥抱。因为最初的这件事很可能是痛苦的。

每一次你和你的伴侣处理这其中的一种情况，你就引爆了与之相关的地雷，之后的恢复会让爱来填补这一空洞。所以，如果你想让爱回归，你们俩都得同意做你们自己。如果一个地雷确实引爆了，在恢复的过程中你们得相互支持，不要再抑制自己。引爆地雷，让爱来填补空洞，这需要努力，但会让爱回归，我保证。

使命

亲爱的市民：

选举委员会已经注意到你的个人特征和经历，将有可能选派你参加一个特级秘密行动。现在我能告诉你的唯一事情是，任务是研发新的物种到一个有待选择、有待发现的太阳系之外的星球去居住。

如果你被选中，你要参与的实验对你个人有很大的好处，但你也要知道这有很大的风险，只有你能决定你特殊使命的结果。

你的分析能力将会至关重要，因为你得决定这个星球的基本生命的成分以保证你的人身安全。你的情绪敏感度也很关键，因为在这个新的星球，经历将会基于"感觉"。在你的历险过程中，你当然会遭遇其他的文化，你得总是能够有效地交流你真诚的意愿。你的眼睛是你心灵的窗户，眼睛映照出的诚实，还有你表现出的领导能力，将会是你很好的支持。你的智力会得到充分地挑战，并且你得用上你所具有的每一分领导能力。

返回的选派人员酬金还没有批下来，所以，你可能得靠自己的资源了。遗憾的是，直到任务结束，你得脱离家庭亲密关系的支持，你要真正独立。

在这个新的星球上的实验，尽管从本质上讲非常简单，但如果你想要成功地完成任务，还是需要最敏锐的技巧和最大的决心。这个新的星球有以下基本事实：

在这个新的星球上，思想将是创造的基础，并且产生的思想将是单独的能量形式，它们唯一的目的是实施思想的意图。所以，这个新的星球上的居民会根据他们自己的感觉，来经历他们自己的个体信念系统产生的现实。比如，他们认为是正确的思想，对于他们来说现实也是如此。

举个例子吧。如果一位居民认为自己"不应得到什么"，那么，那个人无论如何努力都无法找到他寻求的东西。这一原则适用于各个方面，包括人际关系、工作满意度、经济状况。这样，每一个个体都完全为自己的现实负责。对于他们自己的人生经历，他们没有任何别的人或事可以责备。

既然这个新的星球上的现实如此简单，作为你的一种尝试，你得完全消除你在我们太阳系生活时接受的你认为是正确的复杂信念。

你的尝试之旅的第一站是位于亚马佐得丛林深处的"发现瀑布"，它远离你现在的文明。在瀑布边上，你会得到指令（只需安静下来聆听引导），它会告诉你如何意识到在你生命中认为是真实的限制性信念。引导将会告诉你如何释放所有这些限制性信念，发现真正的自己。这个过程不会持续很长时间，发现的速度取决于你能否花时间反思自己。如果一切进展顺利，你会从瀑布这一站的经历中明白真正的自我。你会敬佩自己、爱惜自己，因为你是独一无二的。你感到为别人而活着不再有必要。相反，你会认识到要经历你自己的生命、要充分地享受生命。

在离开庄严的瀑布后，你沿着一条标志清楚的小路走去，这条路延伸数里，穿过茂密危险的地带。你最后的任务是检验你在瀑布的工作是否有成效，那就是找到返回我们的文明地带的路。

这条路上会有很多岔路，你得根据眼前的情况决定，哪一个选择是对你最好的选择，是你更愿意做出的选择。在每一条岔路做出正确选择，你才能安全到家。在这里，你不仅可以过上内心平静而充盈的生活，而且如果你仍然愿意的话，你也获得了参与新的星球上的实验资格。

如果你做出的选择不是基于对自己的爱惜，我们遗憾地告诉你，你所选择的路将没有尽头。它只是让你在丛林中漫无目的地游荡，让你过着一种没有满足感和成就感的生活。所以，请小心选择，我们的文明不想失去有着你这样潜力的人。新的星球上的实验任务非常需要你的才华。

噢，顺便说一句，我刚刚得知，我现在可以告诉你这个新的星球的名字了。它叫做地球。

祝你旅途平安！

指挥官

拿回你的力量

毁灭使得重生变得可能，并且给新的关系的产生提供了一个机会，这种新的关系将会建基于一个新的更加健康的关系范畴。

为了让一个关系完整，双方都必须完整。说到"完整"，我的意思是在他们爱自己的能力和滋养自己的内心方面，他们都是完全自足的。很多人会说，完整意味着内心有一个健康的孩子。

不健康的关系包括相互依赖，也就是一方或双方通过对方来填补内心的空虚。如果有一个人离开了这段关系，依赖对方的人就会感到精神上的毁灭。发生这样的事情时，传统的恢复疗法和这个人的朋友会说"放手吧"来促进恢复。"放手吧"对于大多数人来说很难，因为他们要放手的是他们第一需要的滋养。而要让他们放手，只会让依赖对方的人专注于之前的伴侣，这更加深了痛苦。

在这种情况下，要重获精神能量的平衡，一个更好的办法是，认识真正发生了什么事情。痛苦存在是因为相互依赖的人把力量给了对方。所以，不是要放手那个给予全部或者大部分滋养的人，不管是有意识还是无意识地，而是要让依赖对方的人拿回自己的力量。

如果你发现自己处于这样的境地，在你到达一种放松的状态后，试试想象一下下面这些画面。

想象你和你的伴侣隔着一段舒适的距离。然后，像一位渔民一样，开始收线收回你的力量，就像你钓到了一条奖杯大小的鱼一样。把收回的力量（你的自爱）慢慢收到你的心中。如果你看到你的伴侣撤出，也要继续收线。把他或她收到你的心中，用无条件的爱把他或她消融。接着，把你现在重新获得的自爱从心中移到你心中的孩子里，在这儿可以开始所需的内心修复。你现在的任务是专注于你自己，让你内心的孩子得到恢复，而这是通过提供为了你自身的完整所需要的爱和滋养来完成的。

接受你感觉到的痛苦，不管它以什么样的形式出现，然后想象把它放进一个紫色的袋子里，让它转回到宇宙能量之中。用一颗大大的红心象征你重新得到的自爱，以此来填补这个通常是在心口处痛苦的空洞。

要一直专注于爱你内心的孩子——你真正的自我。直到你感到完全恢复。随着你的注意力离开了你先前的伴侣，你的痛苦就会减少，并且能够恢复得更快。你以自爱的形式重新获得了力量，有了一种健康的自爱，你就再也不想把自己的力量给别人了。你将来要做的，是把你从自爱中流动出来的爱给别人。

如果你发现，你对自爱这一概念理解有困难，那么把你对自己的所有信念写下来吧。是什么使你不能爱自己？内疚、羞耻、某个外貌特征，或是可能的失败？如果是这样，那就是给自己一些谅解的时候了。

我们都在过去经历过困难的情况。让它们去吧！你那时候已经尽力了。不要再鞭挞自己了！释放关于过去的限制性信念，继续前进吧。你值得过上一种精神自由的生活。爱你自己，这样你反过来才能够爱别人。记住，你不能给别人自己没有的东西。除非你首先爱自己，否则你就无法把爱给别人。

快乐的思想

你有没有想过，为什么你会有这样的感觉——有时候高兴，有时候不高兴呢？回忆一下，上次你真的感觉很高兴的时候发生了什么事呢？你能回想起你那时候在想什么吗？那就是线索——你在想什么呢？我猜你想的是快乐的思想吧。快乐的思想使你感觉快乐；悲伤的思想使你感觉悲伤；生气的思想使你感觉生气。你感觉如何取决于你在想什么。

理解"你的思想创造了你的感觉"非常重要。这是什么意思呢？首先，它的意思是别人不能想你所想。所以，你是唯一能决定你感觉如何的人。你对你自己的快乐负有责任。其次，它的意思是，要想有快乐的感觉，你得有快乐的思想。

"但是"，你说，有时候我感觉并不快乐。我如何能改变我的思想，去感觉到快乐呢？

首先，当你感觉不高兴的时候，要允许自己体验这些感觉。当你让自己体验这些感觉片刻，这些感觉会过去的。你所有的感觉都是你的一部分，它们只是需要你的一些关注。只要对自己说"有这种感觉没什么"。当你去感受这些不快的感觉，它们很快会消失的。然后你又会变得快乐了。

现在想想一些让你高兴的事情。你有一个风趣的朋友吗？你有一个你喜欢去的特别的地方吗？你有最喜欢的食物吗？还有一个可爱的宠物呢？有什么你喜欢听或唱的歌吗？你还能想到什么让你高兴的吗？

我有一个朋友有只很大的泰迪熊，它的脸非常滑稽。看到这只熊不笑是不可能的。你是否也有一只有着一张开心面孔的玩具或毛绒动物呢？

另外一个重新变得快乐的技巧是，对自己重复"我很快乐"，直到你感到快乐。这样过不了多久你就又笑了。

还有一个让快乐的感觉回来的窍门。

找一个朋友，让他或她答应重复你说的话。你说下面这些话，等着你的朋友重复完毕，然后你再说下一句话。

你说：哈。

你的朋友说：哈。

你说：哈哈。

你的朋友说：哈哈。

你说：哈哈哈。

你的朋友说：哈哈哈。

一直往后加上"哈"。一会儿，你们两个都会大笑起来，就又变得快乐了。

总是想着开心的事情，这样就会开心了。

获得精神自由的秘密

在别人说到什么的时候，你是不是有时候会发脾气，或是发现自己在自我辩护，或是在批评什么？如果是的话，这里有一个简单的秘密可以让你摆脱这些不舒服的情绪。

知晓这一秘密会给你的生活带来很大的改观，尤其是在你与他人的人际关系方面。

当有某件事使你想要自我防卫或是批评别人的时候，有些人会说："有人摁了你的电钮了。"这个秘密来源于了解这句话的暗含之意。

想象一个按钮，就像你们家门铃的按钮。这个按钮与门铃相连，一旦按下按钮，门铃就会反应，让电的流动使得门铃运作。门铃一运作，就响了起来。

门铃的反应是你情绪反应的一个比喻，比如说生气、为自己辩解、批评别人。实际上，你有一个想象中的按钮，它通过你的信念系统与你情绪的门铃相连接。某种外部的事件摁下了你想象中的门铃，使你的一个限制性信念运作起来。

外部的事件通常会引发与该事件相匹配的各种不同信念。体验精神自由的秘密就是发掘限制性的核心信念。

限制性的核心信念通常是一种对人、地方和事物的非常强烈的负面概括。根据我的经验，我认为我们大多数有影响力的信念可以分为三类：（1）我们对于自己的信念；（2）我们对于自己与他人关系的信念；（3）我们生活的环境。对我们生活影响最大的是第一种——我们对于自己的信念。

想想与你亲近的人。看看他们的生活情况，然后反思他们的信念和他们对于以上三类信念的评论，尤其是对于他们自己的。你看到他们的信念和他们的生活经历之间的相关性了吗？你认为他们在承担责任并有意识地创造生活吗？或者他们是受害者，感到他们无能为力，感到这个世界在和他们做对吗？

最没有精神自由的人就是受害者。他们因为自己的生活情况而责备他人，并且做出相应的行动。他们对于自己感到不自在，他们花很多时间假装自己是别人。他们通常是想要按照别人希望的那样做，所以，他们才会被别人接受，被别人所爱。对于仅仅是做自己，他们感到毫无精神的自由。他们缺乏自我价值的认同，这使得精神自由高不可攀。当人们有着坚实自尊，他们就能昂然挺立，不会有过激的反应，不管其他人说什么或做什么。他们能够在观察情况的时候不让自己的按钮被触碰，或者像有些人说的那样，被什么钩住了。

如果你被钩住了，或是按钮被按了，这就是发生的事情：你错误地认为，外界发生了什么事情时，这个情况是在说你，然后你就有反应。

通常来说，你是在对你自身感到不安全或不喜欢的东西起反应，在你想要发现是什么的时候，有一个秘密可以让你保持平静。在你要起反应的时候，平静地对你自己说："那并不是在说我。"对自己说这句话，是确保立即释放情绪上的负担，因为你已经不再把这个情况看做是在针对你个人了。而不把情况个人化，你就能保持能量上的连接和情绪上的超然。

经过练习，你将能够在难过到来之前，把它们去除。经过练习，你就会扩展到在任何情况下都保持平静的能力。

这就是秘密！现在享受你新找到的平静感吧！

多久才能找到一份新工作？

以前，我的许多职业咨询的客户都经常会问我这个问题。他们刚失业，通常是由于能力下降，或是没有什么直接的问题。求职方面的书籍和新职业介绍手册通常包含旨在回答这个问题的信息，声称答案取决于这些因素，比如说现在的就业市场状态，涉及的地理区域、个体的职业类别，还有补偿水平以及投入到求职中的努力量和质。

尽管很多求职者都知道和理解这些因素，他们却几乎没有考虑到影响求职最为关键的因素：求职者对于自身情况的认识。更为重要的是，对于自己的认识。

如果求职者对他们新工作的可能性或是对于他们的自我价值缺乏积极的信念，那么，有竞争力的简历、创造性的求职信、文雅的求职技巧都是无效的。

我们许多人都对正向思维给予了一些关注，但几乎没有人意识到，我们个体思想和信念的力量。我们所有的生活经历都与我们的思想和信念直接相关。尽管我们看不见我们的思想，但它们实际上是微小的能量包，它们的存在是为了：（1）完成思想的意图；（2）吸引其他相似的思想。

我们认为是真实的思想变成了我们个人信念系统的一部分。我们的思想控制我们的情绪，这样也就控制了我们的经历。能给你带来体验感觉的想象性练习，比如，想象尝了一口柠檬的时候，你会撅起嘴巴；想到小狗、小猫或是爱人的时候你会微笑——这些都可以说明思想如何控制经历。

你是否认识一个经常说"我恨自己"，然而却健康、快乐、成功的人？你是否认识一个经济条件优越，却认为自己很穷的人？你是否认识一个身材瘦削却认为自己很胖的人？你是否认识一个认为自己无法做到某事却做到了的人？

如果你相信你的朋友说的话："外面没有工作了"，"要想月薪 10000 美金的工作，你得找工作找一个月"，你认为你得多久才能找到工作呢？不要受到那些普通大众的思想影响。这些信念对你来说不一定正确。你所真诚相信的东西是你将要在生活中创造和经历的。相信就是相信——不是希望。希望和相信是不一样的。相信意味着没有怀疑。

当你要换工作的时候，不管出于什么原因，你都是处于变动之中。对于我们大多数人来说，变动涉及一个艰难的心理过程，要求我们离开过去的身份，开始新的生活。变动通常有以下三个阶段：

结束——带着失落、悲伤，有时候是生气的感觉说再见。

中间地带——处于不稳定的过渡状态，带着迷茫的感觉，没有方向感和目的感。

新的开始——重新变得清晰、有活力，带着兴奋和期待。

你对变化的认识对于你求职的结果有着主要的影响。不成功的求职者通常会情绪上陷入困境，无法忘记过去，也无法带着积极的热情继续前进，去面对新的职业。

被先前的雇主背叛和伤害的限制性信念，还有痛苦、怨恨、生气、消极的感觉，可能会让求职者在好几个星期里都陷入情绪上的困境。陷入这种情绪的困境明显地会阻碍求职的进程。相应的**事件**、人和情况就会出现来支持受害者这一限制性信念。如果找到了一份新工作，这一信念很可能会导致个体在工作中受害，或再次失业。看轻自己，感到无能为力，或者对发生的事情遮遮掩掩，不会吸引好的反应、面试或是新的机会。

最为成功的求职者会把失业看做是一件积极的事情，如果不是一开始，那也是在过了不久之后，然后带着对新的机会的兴奋和期待继续前进。这些求职者通常会有这样的信念"能离开那个地方太幸运了"，而不幸的人还在那里工作，等着不愉快，然而总要发生的事。

失业的情形很多，而且各式各样，然而不管怎样，过去就是过去。已经结束了。就让它过去，带着对未来的积极信念继续前进吧。你未来的老板会很快感到你的能量，并给予相应的回报的。保持积极、热情，因为这些品质是有感染力的。

我作为职业咨询师的工作经历强有力地支持了我的信念——花多久时间才能找到一份新工作，最重要的因素是求职者对于自己的信念。对于实现一个深思熟虑、专一的目标，那些非常自尊、积极、自信、热情的人会是得到理想工作的人。他们不会恐慌而接受随之而来的第一份工作。他们认为他们会得到最好的工作，他们会等待，直到合适的机会到来。

机会之门似乎是为那些不愿意妥协自己的人开放的。那些认同自己的人，总能吸引到最好的情形。

思想的表现和返回的结果之间，有着一对一的对应关系。我常常看到，一旦求职者情绪上变得清晰和积极，返回的结果就立即发生了变化。看到这种变化，听到他们说："事情变好了"，这是件很有意思的事情。他们所看到的是他们自己发生的变化的反射。真的是这样，我们是怎样，就会吸引怎样的东西。

"我多久才能找到一份新工作？"——这一切都取决于你的信念。

经历个人能量

如果你读了近期关于现今的孩子们、年轻人，还有我们未来的领导人的书籍和文章，我肯定你会熟悉这些术语：千禧一代、Y一代 [已知 "X代" 或 "X代人"一语首创于加拿大作家道格拉斯·库普兰（Douglas Cou-pland）所著《X代：加速文化的故事》（Generation X：Tales for Accelerated Culture）（1991）一书的书名。作者在书中着力描述刻画了这代人（"X代人"大致出生于1965—1980这个年代）的处世态度。因他们对前途无法预定，又不愿从事、采取已适应于

他们父辈的职业和生活方式。这样，他们的人生品质便成了
"未知"或"虚无"的。为此，作者便冠以这代人为"X代
人"这一称谓了（X表示"未知数"）。"Y代人"为"X代
人"的子女，按"X—Y"字母顺序，现为25岁以下（1980
年后出生）的人便为："Y代"或"Y代人"了。——译
注]——网一代、深蓝孩童（据俄罗斯社会科学院的科学家
们称，地球上现在似乎存在一种新的人种——"深蓝孩童"。
他们自称有超能力，可以看到灵异现象，能预测到将要发生
的事情；他们的共同特征是智力很高、直觉性强，非常敏感
等；从人体能量摄影的图片中发现，代表精神力的蓝色，在
他们身上特别明显，因此被称为"深蓝孩童"。——译注）。

　　大多数有关每一代人信息的描述，都突出新一代人的行
为特征，把这些行为和上一代人的行为相比较。

　　因为有着在公司工作的背景，在读到新一代有着像这样
的特征时，我对于他们将对职场产生的影响非常有兴趣。

　　·强烈的自尊；

　　·明显的自我意识；

　　·难于遵守纪律和服从权威；

　　·反感遵守秩序和听从指挥；

　　·没耐心；

　　·对于结构体系、日常琐事或是缺乏创造力的过程感到

沮丧；

· 拒绝顺应别人的意愿和追随潮流；

· 一般说来，总是想要知道"为什么"，尤其是别人要他或告知他去做某事的时候。

· 精神信仰智能。①

我的第一想法是："当这些年轻人开始占据职场的时候，会怎么样呢？"为了回答这个问题，我在我的博士论文中对全球高中生和大学生做了一个有关领导能力和组织转变的调查，我从中了解到的东西非常富有启发性。

很多关于今天的年轻人的书籍和文章，都强调他们非传统的行为特征。有位作者认为这些孩子很自恋；有些人说他们不能集中注意力或者他们缺乏动机。有些作者无法理解年轻人对待自己身体的方式，比如说文身、身体穿孔等，或者为什么他们把自己看成是特权一代。这些作者缺少对于是什么引起了我们看到的这些行为的理解。

我的认识是，今天的年轻人对于他们是谁、为什么他们会存在有着深层的信念，而且这一信念和前一代人的信念大不相同。我们老一辈人带着这样的信念成长起来——我们得

---

① 改编自元天赋资源组织的主任 Wendy H. Chapman 最初提出的特征（见 www. metagifted. org）。

靠自己从别人那里获得关心、尊重和爱，尤其是从比我们地位高的人。如果我们想要什么，我们得证明我们是有能力、配得上这些东西的。我们并没有把拥有它看成是我们的权利。而用这些旧有的限制性信念来衡量今天的年轻人是不公平的。今天的年轻人知道他们有着个人的力量，并且不会局限于他们的创造。

不管是今天的年轻人还是你我，我们都想要去感觉那种我们能够保持自己的个人能量。如果你想要拥有一个有着良好人际关系的生活，你得允许别人也保持他们的个人能量。

如何让别人有个人能量？答案是——总是给他们选择。当他们有选择了，就能保持他们的个人能量。

让别人保持他们的个人能量，在我的团队工作中产生了神奇的效果。这也是家长需要用来帮助他们养育新一代孩童的方法。

试试吧！它会给你和你的人际关系方面带来神奇的效果。

谁在那里？

在我的职业咨询生涯中，我做过一个大型环球职业介绍公司的合同咨询师。职业介绍公司给要裁员的公司提供咨询服务。主要的服务是提供解雇后的支持——举办职业变动工作室，对那些受影响的个人提供心理咨询。并且，在裁员之前，职业咨询师会给管理团队提供指导以确保裁员进行得有人情味并符合法律要求。在这些日子里，公司都会很慷慨地给管理成员提供"变动包"，其中包括延长薪酬、医疗福利，还有长达一年之久的工作变动服务，如在职业介绍公司提供办公室，个人心理咨询，还有对于投递简历和邮寄的行政支持。

在裁员当天，我常常是在一个会议室里，等着一个个刚刚被裁掉的高层经理的到来。经理到来之后，人力资源代表会把他介绍给我，简单描述我将提供给这个人的服务之后，就返回人力资源部了。

你可以猜得到，由于刚刚被裁，坐在我面前的经理毫无精神状态，根本听不进去有关他或她工作变动的项目的长时间讨论。通常，我会让这个人发泄，然后商定一个双方都合适的时间，几天后再见面，然后再开始谈他或她的项目。

最初的会面通常是单方面的，我会专心地倾听客户发泄。因为，在我早年的职业生涯中我也有过下岗的经历，所以，我很容易理解我客户的心情。在此期间，我也做了很多有关信念系统的个人成长研究，因此，对于客户所说的话更为敏感。

从客户的观点出发，通常第一个问题是："为什么是我?"

他们把这一情况个人化，接受这样的观点——"这是针对我的"，这给他们造成了一种受害者的心理，而这又延长了客户精神恢复的时间。他们完全没有意识到，他们的信念系统和他们目前的经历有关。

现在，你明白一个人的信念系统对于他的经历的影响了吧。那么，你能猜出下面的这些话，会产生什么样的经历吗？

- "我讨厌我的老板，也不喜欢在这里工作。"
- "我总是想要自己创业。"
- "我总想着早点退休，但不是这么早。"
- "为什么坏事总是落到我头上？"
- "不管我如何努力工作，也不能领先。"

一个人要是认为自己是受害者，就会否定他的个人能量感。这样，他就会在心理和行动上感到无助。通常，我要花几个月的时间，把顾客从这种精神状态中带到一个愿意继续前进，让过去成为过去的状态。

在我问客户"你打算以后做什么？"的时候，又一个挑战来了。在被触不及防地盯了一眼之后，我听到这样的话："什么意思？'我'想要做什么？我从来没想过我想要做什么。我家里有老婆，还有孩子上大学。我得照顾他们啊！"

我用一个漫画来对此作答。在一个强壮英俊的年轻人强行出去时，把一个年老体弱的老人的身体劈开了。我把漫画摆在客户面前，指着他或她的胸前，轻声问道："是谁想要出去？"在大多数情况下，这一简单的问题会释放出深层的最初苦痛，随后，他或她会像很少见到的那样抽泣起来。

我们许多人过着坚忍的生活而没有认识到这一点——直到心里的那颗种子不可能再被忽视。它最终爆发了，逼迫我们去探索，所以，我们能够找出并经历真正的自我。

你是否有限制性的信念使你不能表达你心中的愿望？是什么使你无法去做你一直想做的事情？

你是过着充满热情的生活，还是小心翼翼地避免着什么？

你是不是被某人伤害过，然后决定再也不敢开心门？

如果任何这些问题与你产生共鸣，请阅读下一节：内心的简历，第一和第二部分。拿出一本笔记本，完成134页（这是原文的页码，具体页码取决于中文版的页码）的总体信念绘制练习。它将改变你的人生——我保证！

内心的简历

第一部分

2008年之后的经济气候使得失业人数显著增加，这些人奔忙于准备简历、更新简历和提交简历，期待幸运女神很快会眷顾他们，给他们新的工作机会。你可能就是其中之一。

如果是这样，请密切注意，我将要和你分享的一个新概念。我把它称作内心的简历。理解你内心的简历会帮助你在求职中取得重大进展。

传统的简历——纸质的那种——是求职者和潜在新雇主之间的重要连接。关于如何准备有效的简历，已经出版了很多的书籍，也有很多这方面的咨询工作室。人们把简历视为求职者的市场营销手册，可以用来打开面试之门。简历的目的是提供充分的事实信息，突出重要的技能和工作成就，从而吸引招聘经理想要更多地了解你。

我曾是一名求职者，一位职业咨询师，也做过招聘经理，我完全赞同一份精心撰写、恰当呈现的简历是保证面试机会的关键。除了一份好的简历之外，求职者也能从建立关系网、参加面试和谈判中受益。一旦掌握了这些技巧，你就能踏上成功的求职之路。

而另一个求职的关键因素是内心的简历。正如你笔头的简历则总结了你在外部世界的经历，你内心的简历则总结了你内部世界发生的事情。内心的简历是确定比如你的喜好、愿望和判断、动机和价值观之类的东西的信念总和。

是你内心的简历创造了你的能量状态——你是怎样存在的。这样，你的存在状态驱使你做什么，或者更为重要的是，驱使你不做什么，而你做或不做什么会决定在你的生活中你拥有什么或没有什么。这是我们要记住的重要顺序：存在、做事、拥有。这是另一版本的老生常谈："如果你一直做你一直以来做的事，你将会一直得到你一直来得到的东西。"

是什么驱动人们去做他们所做的事情？是什么使得人们没有去做他们知道需要做的事情？是它们内心的简历上面的东西——是他们的信念。

为了说明这一点，我们来看看杰克，一个最近下岗的人的情况。杰克内心的简历包含这样的主导信念"我受到了不公的待遇！"这一潜在的信念会如何影响杰克的存在呢？可以说他很可能是情绪化的吗——难过、生气、怨恨、感到受害了？

如果杰克是那样的话，他会做什么呢？他会大声抱怨这个公司、批评他的老板、祈求同伴的怜悯。这些行为会提高杰克的创造力吗？当然不会。

如果杰克在做那样的事情，他会有什么样的经历呢？他会有平静吗？有快乐吗？有自信吗？他会采取行动继续向前吗？我表示怀疑。杰克可能会集中注意力以想出这些问题的答案："为什么是我？为什么选中了我？我对公司百分之一百二十的投入，而乔治却没花什么力气，为什么他还在那里？生活太不公平了！"

你能看到存在、做事、拥有之间的联系了吗？如果杰克不改变他的存在状态，他不可能做他需要做的事情，以继续向前找到一份新工作。

　　杰克下岗的最初反应是很自然的。他的存在状态被背叛的感觉统治着。为了改变他的存在状态，他必须快速集中注意力到以一种积极的方式释放他的情绪。他也必须改变对于他的境况的看法，看到他可以找到一份更好的工作的机会。专注于感激他生活中已有的一切积极事物会帮助他改变他现在的存在状态。

　　杰夫是杰克的一位朋友，他也是同一天下岗的，他内心的简历包含这样的信念："这与我无关。"杰夫的信念创造了什么样的存在状态呢？他理解公司面临的经济状况，认识到他的老板得做出艰难的抉择，决定裁掉哪个职位。杰夫不相信让他下岗这一决定是针对他个人的。

　　他的存在状态产生了完全不同的做事景象。杰夫保持积极的态度，对自己充满信心，并开始采取行动去找一份新的工作。做这些事情，使得杰夫朝着他想要的目标——一份新的工作更接近了。

　　最终，杰克也会接受他的境况并开始采取行动找一份新工作。因为他曾经的存在状态，他失去了宝贵的时间来做他开始找工作要做的事情。杰克在此过程中也制造了因为自身而产生的不幸。

　　你能看到杰克内心的简历和杰夫的不同吗？他们的经历

来源于他们对于自己所处的情况的信念。他们有着同样的境遇，然而却有着两种截然不同的经历。

通过这一个简单的事例，我希望你能清楚地看到你内心的简历——你的信念，决定你存在的状态。你的存在状态会驱使你去做什么或不做什么，你的做与不做会决定你是否获得成功。

反过来看这个概念，如果你没有你想要的成功，问问你自己这个问题："我没有做什么吗？"在大多数情况下，我打赌你已经知道你没有做什么了。这样，真正的问题变成了："是什么使我没有去做我知道应该做的事情呢？"答案就是你的存在状态。如同我们在前面的事例中所看到的，你的存在状态来源于你的信念。在你内心的简历当中，有什么是需要修改的吗？在你所相信的东西中，有什么是需要挑战的吗？记住：信念决定存在。

随着求职的时间从数天延长到数周甚至数月，对于大多数求职者来说，最大的挑战就是保持能量和积极的思想。当他们看不到努力的明显成效，最初那一点乐观便开始快速退却，他们陷入了僵局——完全动弹不了，无法做事。

不管你相信与否，这段时间可以帮助你修改内心的简历，这种修改可以改变你的生活。下岗可以是一种福分，如果你现在失业，你此刻在经历担心、害怕或疑虑吗？很好！这就对了！

我知道，你想，我这样说准是疯了。你在想："一个人怎能从担心、害怕或疑虑中受益呢?"

　　如果你经常发现自己在害怕,你可以看看你内心的简历,想想,是什么有关你情况的信念产生了害怕。当你找到了产生害怕的核心限制性信念,你就有机会改变它了。一旦做出改变,那种不想要的情绪的起因就永远地消失了。记住我们已经得出的结论:信念产生你所拥有的经历。所以一旦你改变你的信念,你就改变了你的经历。

　　几年前,我有一个以前在部队的客户。他想转业后在传统的商界找一份工作。在第一次的咨询过后,他常常找借口不完成他每周的任务。他经常在最后一分钟取消他的约会。当他终于来到我办公室的时候,我问他:"你早上是不是躲在被子里了?"他吃惊地看着我说:"你怎么知道?"我的回答是:"我也躲过。"在那一刻,一种信任感在他心中建立起来了。他开始坦诚地讨论他的害怕。

　　这里有一个技巧。我想让你在下次感到有不舒服的情绪(比如害怕)时,试一试。拿一本便签簿来,在第一页的顶端写下你现在的情绪经历。你写下的内容很可能是害怕、焦虑、恐惧、孤独、绝望。

　　现在,写下以下问题的答案:"我持有什么样的信念会引起我写下的这些不快经历呢?"

　　不断地重复和回答这个问题:"我还持有什么其他的信念

会引起我写下的这些不快经历呢?" 直到你认识到（你也会感觉到的）引起不快经历的起因。几乎在所有情况下，核心信念会是你对自己或者是外界的某种限制性的看法。

这里有一些实际练习中的核心信念。

"我对于改变我的现状无能为力。"

"无论我如何努力，我都不能做什么。"

"生活总是让我失望。"

"我不能创造我想要的。"

"生活不公平。"

你看到这些限制性信念如何引起害怕了吗?

我们来看看"我对于改变我的现状无能为力"这一信念。它可能产生于孩童时代某个具体的事件。可惜，甚至到了成年阶段，它已经转化成一个普遍的真理。其他的信念"无论我如何努力，我都不能做什么"，"生活总是让我失望"，"我不能创造我想要的"，"生活不公平"——所有都看来很相似。它们是早期儿童时代的决定（信念）被推广运用到所有而产生的情况。

如果你观察到有人表达这样的信念，你会对他或她说什么呢? 我的第一个问题会是："你意识到你有那个信念吗?" 人们通常会说没有，但立即开始联系到他们何时开始有这样的信念的故事。他们稍微想想就意识到他们多年前产生的信念并不适用于所有情况，而且他们可以选择改变这一点。选择是个关键词，信念是由选择改变的，你只要选择一个新的信念"我是强大的"、"我能创造我想要的"。

如果你在你内心的简历中发现了与以上提到的信念相似的限制性信念，请运用同样的分析。这一信念适用于所有情况吗？你能选择一个不同的观点吗？当你想到了一个新的、更鼓舞的信念，把它加到你内心的简历当中，它会给你带来更有成就的经历。

这是一个非常强大的练习。改变限制性的信念，消除了担心、害怕和疑虑的主要来源。通常，我们感到我们是在处理担心或害怕，但真正引起情绪苦恼的是疑虑。当你认为在你的生活中，有一些你无法解决的事情或你无法控制的结果时，疑虑产生了。

在你内心的简历中，可能还会呈现出其他信念的源泉，所以要勇敢，并在每一次不快的情绪产生时，运用这一技巧。不久之后，就没有什么会打扰你心灵的平静了。

到目前为止，我相信你明白了，你完全能控制你如何处理生活中的各种事情。你相信什么，决定了你如何经历发生的事情。我们都能控制我们选择相信的东西。所以，记住，如果你经历着你不想有的经历，就回顾你内心的简历。因为是时候做另一个修正了。

随着你找工作的更进一步，你内心的简历需要包含以下一些信念："我有用人单位需要的独一无二的知识和技能。""我为我的成就感到骄傲。""我有勇气在害怕和疑虑中前进。""好工作就在那儿等我呢。""世界小心，我来啦！"

在你修改你内心的简历时，你会注意到你变得不同，这种不同，会使你做更多拥有你想要的东西所需要的事情。存在、做事、拥有——这是一个强大的方程式，用你内心的简历来使它为你服务。

在内心的简历第二部分，你会发现内心的简历如何从实际上帮助创造你外部的简历。

第二部分

在第一部分，我们讨论了你内心的简历的内容，即你的信念，决定你如何经历你生活的事件。我们谈论了存在、做事和拥有的概念，其中你的存在状态——你的能量状态——决定你做什么（或不做什么），而你做什么（或不做什么）决定你拥有（或没有什么）。隐含的主题是，在你生活中拥有或没有什么的事实背后，你持有的信念是主要驱动力。既然情况是这样，了解你内心的简历中有什么至关重要，因为它影响着你外在的简历。

在前面的小节中，我描述了可能对你来说是新的有关思维和信念的概念。如果对于你来说是新的，只需对这种可能性保持开放，那就是我所说的可能在你的生活中有一些正确的东西。如果没有，那就随它去吧。

回顾上述内容，这个概念陈述了思想不仅仅是你头脑中出现的安静的念头，不仅仅是给你用来思考或是做决定的。思想是实物。它们是微小的能量粒子，与宇宙中的其他智能信息发生互动。实际上的物理的思想能量是有形状和颜色的。它叫做思想形式。在 1901 年，里比特（C. W. Leadbeater）与他的同事安妮·贝桑（Anne Besant）出版了一本叫做《思想形式》的书。贝桑和里比特都是具有天才眼光的人，他们能看到大多数人看不到的能量。他们的书用图画说明了各种各样的思想形式。快乐的思想形状友好，色彩鲜明；而负面的思想形状扭曲，颜色暗沉。

因为信念是你认为是正确的思想，你能明白同样的能量原则适用于信念。信念是向宇宙发出的能量形式。

我们都有一个能量特征，就像我们的指纹一样表明了我们个体的独特。我们的思想形式和我们持有的信念，构成了我们独一无二的能量模式。你是否见过这样一些人，以前素未谋面，但却感到被他们强烈吸引？因为，你在辨认他们的能量模式，他们的能量模式很可能与你非常相似。同样，你也见过让你感到不舒服的人。因为他们有着显著不同的能量模式，这种模式并不是错的，只是不同而已。

　　思想或信念的使命是完成持有这种思想或信念的人的意图。能量形式发射到宇宙中寻找其他相似的思想或信念。事件、情况和关系因此而产生来完成思想或信念的意图。换言之，宇宙提供事件、情况和关系来向你证明你所相信的是正确的。有很多名言和谚语都指明了这一道理。"这是个自我实现的预言。""寻找，然后你就会发现。""敲门，而后，门就会为你打开。"

　　我想用以下的类比来描述信念决定经历的道理。宇宙就像是一台巨大的电脑，它从我们这里接收信息，我们都把自己的思想、信念、欲望、愿望，还有我们的祈盼输入到这台电脑中以期待能够实现。这台巨大的电脑输出的就是根据你的输入产生的事件、情况和关系。

　　如果你还能跟上我的思路，你就能明白，为什么你内心的简历中的信念，不仅决定了你外部事件的经历，也对产生这些事件负有责任。

　　这个道理对于有些人来说，有些难以接受，因为这意味着我们每个人都对我们人生经历完全负有责任。当我第一次知道这个道理的时候，我对自己说："不可能！我怎么会在我的生活中制造那些令人失望的事情呢？"那么，我可以自信地告诉你，确实是我制造的。当然，我并非故意，而是由于疏忽。在我说"由于疏忽"的时候，我的意思是，我不知道我在自己内心的简历中持有某种信念，它代表我向宇宙这台巨大的电脑发出了无意识的请求，而这台电脑是客观无情的。它只是接收了输入，然后进行处理，它没有做出判断或者问道："这个请求合理吗？"如果你没有与你请求相反的信念，你就能实现你的请求，这就是重大的秘密——如果你没有与你请求相反的信念，你就能实现你的请求。因为这台巨型电脑的回答总是"好的"。有句话是这么说的："看着你想要的东西，你就可能会得到它。"

可惜，我们很多人并不知道自己在内心的简历中持有的某些信念。这些潜意识的信念，在我们的生活中产生了我们不想要的情况。你的外部简历中的失望和成就与你内心简历中的限制性信念有关。

明白了这一点后，多年来我一直孜孜不倦地修改我内心的简历。请相信，回顾和修改你内心的简历会带来巨大的益处，并能使你的外部简历更加有力，使你实实在在地获得你想要的和你应该拥有的。（"应该"是个关键词。关于你"应该"得到多少，你有限制性的信念吗？）

让我们来看看，是否我能帮助你回顾并有可能在你内心的简历中做一些修改。首先，我们要看看你内心的简历中最近都写了什么。最简单的办法是让你把你认为那里有什么写下来。现在，通过完成下面的职业信念绘制练习，你有机会描画你内心的简历中目前的信念。

职业信念绘制练习

在看到每一个句子的开头时，快速地在一本笔记本中写下你头脑中出现的第一想法。你的想法不一定要别人看得懂，要对自己非常诚实。如果诚实的话，你做这个练习会获得更大的益处。

我的环境

生活＿＿＿＿＿＿＿＿＿＿＿＿＿＿＿＿＿＿＿＿＿＿＿＿＿＿＿

工作＿＿＿＿＿＿＿＿＿＿＿＿＿＿＿＿＿＿＿＿＿＿＿＿＿＿＿

对于工作我想改变的三件事有＿＿＿＿＿＿＿＿＿＿＿＿＿＿

其他

最高管理部门＿＿＿＿＿＿＿＿＿＿＿＿＿＿＿＿＿＿＿＿＿＿

主管＿＿＿＿＿＿＿＿＿＿＿＿＿＿＿＿＿＿＿＿＿＿＿＿＿＿＿

人们＿＿＿＿＿＿＿＿＿＿＿＿＿＿＿＿＿＿＿＿＿＿＿＿＿＿＿

钱＿＿＿＿＿＿＿＿＿＿＿＿＿＿＿＿＿＿＿＿＿＿＿＿＿＿＿＿

客户/顾客＿＿＿＿＿＿＿＿＿＿＿＿＿＿＿＿＿＿＿＿＿＿＿＿

竞争对手＿＿＿＿＿＿＿＿＿＿＿＿＿＿＿＿＿＿＿＿＿＿＿＿＿

供应商＿＿＿＿＿＿＿＿＿＿＿＿＿＿＿＿＿＿＿＿＿＿＿＿＿＿

销售人员＿＿＿＿＿＿＿＿＿＿＿＿＿＿＿＿＿＿＿＿＿＿＿＿＿

工程师 _____

财务人员 _____

人际关系 _____

你不能信任 _____

_____ 每次都会背叛你。

我有个同事最让我厌烦的特征是 _____

我自己

在工作中表达感情是 _____

我的事业会更好假如 _____

如果我犯错误，我 _____

我必须让我的老板高兴。正确或错误。_____

别人是否喜欢我很重要。正确或错误。_____

我的报酬体现我的价值。正确或错误。_____

我把自己看成是成功的人。正确或错误。_____

争取我想要的对我来说是 _____

_____ 真的让我生气。

在工作中我没有充分地表达自己是因为 _____

我不能 _____

我在避免说 _____

我在避免 _____

我 _____ 得到我想

要的。

如果我没有实现我的目标，这是因为 _____

对于我的生活，我致力于 _____

对于我的工作，我致力于 _____

对于我的经济状况，我 _____

对于我的品格，我是 _____

对于我的个性，我是 _____，_____，和 _____

对于我自身，我想改变的三件事是 _____

当我的感情被伤害，我 _____

我最大的恐惧是 _____

我在保护 _____

为什么？ _____

我害怕的事情是 _____

我害怕去做的事情是 _____

正确的意思是 _____

我做了的决定。_____

如果 _____我真的会很高兴。

我想要的是 _____

我没有得到是因为 _____

我还想要的别的东西是 _____

我没有得到是因为＿＿＿＿＿＿＿＿＿＿＿＿＿＿＿＿

我还想要的另一样东西是＿＿＿＿＿＿＿＿＿＿＿＿＿

我没有得到它是因为＿＿＿＿＿＿＿＿＿＿＿＿＿＿＿

我永远也不会得到的东西是＿＿＿＿＿＿＿＿＿＿＿＿

为什么？＿＿＿＿＿＿＿＿＿＿＿＿＿＿＿＿＿＿＿＿

如果我得到它了会怎样呢？＿＿＿＿＿＿＿＿＿＿＿＿

我会更加成功如果＿＿＿＿＿＿＿＿＿＿＿＿＿＿＿＿

当我对自己说："我很高兴我就是我。"的时候，这些想法会

出现在头脑中。＿＿＿＿＿＿＿＿＿＿＿＿＿＿＿＿＿

＿＿＿＿＿＿＿＿＿＿＿＿＿＿＿＿＿＿＿＿＿＿＿＿

我最大的财富是＿＿＿＿＿＿＿＿＿＿＿＿＿＿＿＿＿

我十分擅长于＿＿＿＿＿＿＿＿＿＿＿＿＿＿＿＿＿＿

当＿＿＿＿＿＿＿＿＿的时候我最高兴。

我最喜欢自己的一点是＿＿＿＿＿＿＿＿＿＿＿＿＿＿

我的生活我最喜欢的一点是＿＿＿＿＿＿＿＿＿＿＿＿

当＿＿＿＿＿＿＿＿＿的时候我很想笑。

我成功是因为＿＿＿＿＿＿＿＿＿＿＿＿＿＿＿＿＿＿

　　你刚才已经描绘出了一部名为"你的事业"的电影剧本，你所经历的事业是你内心的简历中的特点的直接反应。你的事业记录在你传统的外部简历中，即纸质的那种。其中的成就与你内心简历中的鼓舞性信念相关，挫折或不足则与你的

限制性信念相关。下面让我们来考虑几种可能，然后看看是否我能让你明白一个模式。

你对于"生活是什么样的"回答如何？是鼓舞性的还是限制性的？鼓舞性的信念例如"生活很棒"，"生活是一种机遇"，"生活令人兴奋"，还有"生活是一种馈赠"会给你带来积极的经历，在你的简历中就会出现巨大的成功。限制性的信念例如"生活是一种挣扎"，"生活艰辛"，"生活不公平"，"生活困难"会以未能达成的目标、失业、与他人的冲突等形式出现在你的外部简历中。你在你的回答和经历之间看出什么来了吗？

你对于"钱是怎样的"和"我的报酬体现我的价值"回答如何呢？它们鼓舞了你，还是限制了你呢？

什么是你想要却永远不可能得到的？你告诉自己不会拥有它的理由是什么？你的理由就是一个限制性的信念。

你害怕说的是什么？对谁说？你害怕去做什么？你不能做什么？对于这些问题的回答都是限制性的信念，它们使你在工作和生活中感到陷入僵局。这些信念真的正确吗？你是否是基于多年前的经历产生了这些限制性的信念，而后发现自己把这些信念推广运用到所有相似的情况中呢？

改变你内心的简历，消除那些影响你外部简历的限制性信念。这些改变是通过"选择"来完成的。一旦你意识到了限制性信念，就用鼓舞性的信念来替代它们，而后更新你的外部简历。那么，下次你更新你的外部简历时，你会看到不幸变少，成就变多。成功会来得更加容易，因为，你不必再花费大力气克服限制性信念，所以你的成就会来得轻而易举。(这对于你的内部简历是一个积极信念：我的成就来得轻而易举。)

帮自己一个大忙，回顾一下你内心简历的其他信念。有意识地努力找出限制性的信念，对它们做出评价，做出改变，以此来更新你内心的简历。你的下一个雇主会看到一个填满了巨大成就的非常有力的简历。你内心简历的反映会十分明显，结果也是非常值得的。试试吧！

一般信念绘制练习

在探索了关于你职业和工作的信念后，很可能你可以明白绘制其他生活领域的信念了。完成以下一般信念绘制练习的句子填空，会让你知晓你的无意识信念。从中你能发现哪些信念有助于你，而哪些你需要改变。

我建议拿一本笔记本写下你句子填空的答案，以便今后查阅。它们可以作为你见证自己进步的尺度。

句子填空
身体方面，我＿＿＿＿＿＿＿＿＿＿＿＿＿＿＿＿＿＿＿＿＿

情绪方面，我＿＿＿＿＿＿＿＿＿＿＿＿＿＿＿＿＿＿＿＿＿

精神方面，我＿＿＿＿＿＿＿＿＿＿＿＿＿＿＿＿＿＿＿＿＿

社交方面，我＿＿＿＿＿＿＿＿＿＿＿＿＿＿＿＿＿＿＿＿＿

在事业方面，我＿＿＿＿＿＿＿＿＿＿＿＿＿＿＿＿＿＿＿＿

在人际关系方面，我＿＿＿＿＿＿＿＿＿＿＿＿＿＿＿＿＿＿

同样，尽你所能完成下面的填空：

＿＿＿＿＿＿＿＿＿＿＿＿＿＿＿＿＿＿使我感到高兴。

＿＿＿＿＿＿＿＿＿＿＿＿＿＿＿＿＿＿使我感到难过。

＿＿＿＿＿＿＿＿＿＿＿＿＿＿＿＿＿＿使我感到生气。

＿＿＿＿＿＿＿＿＿＿＿＿＿＿＿＿＿＿使我感到内疚。

男人是＿＿＿＿＿＿＿＿＿＿＿＿＿＿＿＿＿＿＿＿＿＿＿

女人是＿＿＿＿＿＿＿＿＿＿＿＿＿＿＿＿＿＿＿＿＿＿＿

婴儿是＿＿＿＿＿＿＿＿＿＿＿＿＿＿＿＿＿＿＿＿＿＿＿

小狗是＿＿＿＿＿＿＿＿＿＿＿＿＿＿＿＿＿＿＿＿＿＿＿

人们是＿＿＿＿＿＿＿＿＿＿＿＿＿＿＿＿＿＿＿＿＿＿＿

性是＿＿＿＿＿＿＿＿＿＿＿＿＿＿＿＿＿＿＿＿＿＿＿＿

生活是＿＿＿＿＿＿＿＿＿＿＿＿＿＿＿＿＿＿＿＿＿＿＿

爱情是＿＿＿＿＿＿＿＿＿＿＿＿＿＿＿＿＿＿＿＿＿＿＿

我是一个＿＿＿＿＿＿＿＿＿＿＿＿＿＿＿＿＿＿的人。

我能＿＿＿＿＿＿＿＿＿＿＿＿＿＿＿＿＿＿＿＿＿＿＿

我不能_____

我应该_____

我不应该_____

做_____是错误的。

我太_____了。

我_____我自己。

在你完成这个练习后，在每一个回答的旁边做个"E"或"L"记号，分别代表鼓舞性信念（empowering belief）和限制性信念（limitingbelief）。很能说明问题，不是吗？其中有多少个限制性信念是你想清除的呢？

反 映

从让你烦恼的事物中，选一个让你感到有很大精神负担的事情，一件真正让你感到不安的事情。对于你选择的这件事，在你的笔记本中，记下你对以下问题的回答。

1. 当你察觉到不愉快的感觉，你认为发生了什么？

2. 你想想在这种情况下还有别的信念也是可能的吗？

3. 你还能想到多少其他信念？

4. 看到还可以有其他的信念（视角），知道这只是很多视角中的一种，你能除却最初的信念吗？

这里有一个例子。情境："每次有人走近老板的办公室，把门关上，我就感到不自在。"

1. 当你察觉到不愉快的感觉，你认为发生了什么？

   "我感觉到好像他们是在说我。"

2. 你想想在这种情况下，还有别的信念也是可能的吗？

   "他们可能是在说别人。"

3. 你还能想到多少其他信念？

   他们可能是在说别人。他们可能是在讨论我同事的表现。他们可能是在做计划。我的同事刚好可能对于工作任务有一个问题。

4. 看到的还可以有其他的信念（视角），知道这只是很多视角中的一种，你能除去最初的信念吗？

"天哪，我真蠢，就是因为门关着，我就认为我的老板和同事在说我。他们有可能在讨论很多别的事情。你知道，这使我想起了小时候。每当爸爸下班回家，他和妈妈会关上门在卧室边换衣服边说话。如果妈妈报告了我白天干的坏事，爸爸就会打我。我猜想，在办公室里人们关着门说话的时候，似乎是同样的情况。从现在开始，我保证不再猜测别人关着门说话就是在说我了。太荒唐了。"

把情况提高到这种新的意识程度，将会有助于问题的解决。

思考要点

思想以思想形式存在。

思想产生感觉。

思想形式的存在是为了实现它的意图。

思想形式吸引相似的思想形式。

我认为是真实的思想成为我的信念。

信念是特殊化的思想形式。

我的信念决定我的经历。

我的信念总和构成了我的个人信念系统。

我的个人信念系统产生我的能量标志。

我的能量标志吸引我的生活情况。

信念有鼓舞性和限制性之分。

限制性的信念阻碍真实自我的表达。

我所专注的东西会在我的生活中扩大。

注意力强化思想形式。

我要把注意力集中在我的目标上。

对自己负责产生内在力量。

我的外部事件（经历）是由我的内部事件（信念）决

定的。

宇宙把我的信念反射回来给我。

主观判断、害怕、担心和疑虑全都与限制性信念有关。

积极态度吸引积极情况。

经历是感觉。

我只能经历此刻——现在。

我经历的是我对过去的信念，不是过去本身。

限制性的信念否定我的愿望。

旧有的限制性信念受到挑战的时候变得更加强烈。

信念可以通过选择增加或去除。

我保持积极。

我相信自己。

我提高我的自我意识。

我去除我选择去除的限制性信念。

我创造我想要的。

我爱我自己。

我所有的个人信念积累起来就组成了我的信念系统。

信念先于经历。

我的能量标志吸引我的生活情况。

每个人都有他或她的真理。

我所注意的会在我的生活中扩大。

评判与信念有关。

我消除旧有的限制性信念。

你的信念系统

生活经历的基础机制

思想和信念 ⟹ 经历

你的信念系统是"因",思想是"果"。
你的信念系统为你的生活经历提供"蓝本"。
为了改变你的思想,你必须改变你的信念系统。

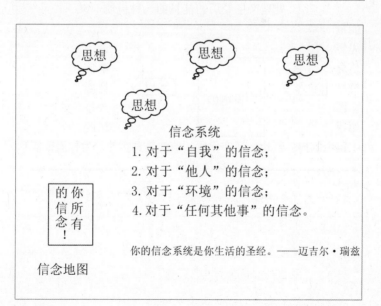

信念系统

1. 对于"自我"的信念;

2. 对于"他人"的信念;

3. 对于"环境"的信念;

4. 对于"任何其他事"的信念。

你所有的信念!

你的信念系统是你生活的圣经。——迈吉尔·瑞兹

信念地图

迈吉尔·瑞兹（Don Miguel Ruiz）是美国非常有名的大师。出生于healer治疗师家庭，属于墨西哥境内的印第安土著人，托尔特克人。他最有名的著作是"人生的四个协议"The Four Agreements。这是他在美国开始讲学时形成的体系基础上完成的．他见证了无数的人在学习并把这本书里提到的四个协议用到生活中，而后从挣扎转到平静的故事。——译注

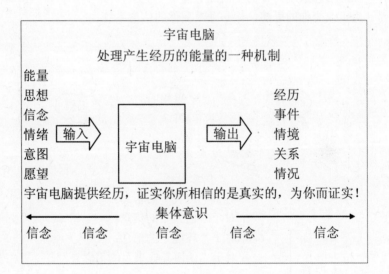

宇宙电脑
处理产生经历的能量的一种机制

能量　　　　　　　　　　　　　　经历
思想　　　　　　　　　　　　　　事件
信念　　　　　　　　　　　　　　情境
情绪　　输入　　宇宙电脑　　输出　　关系
意图　　　　　　　　　　　　　　情况
愿望
宇宙电脑提供经历，证实你所相信的是真实的，为你而证实！
集体意识
信念　　　信念　　　信念　　　信念　　　信念

照镜子

思想和信念

意图

我想知道是什么思想和信念引起了我的限制性经历?

去探索吧！

　　我希望你刚才读的信息，会使你继续探索你的思想和信念如何影响你的人生经历。我建议你经常用"一般信念绘制练习"来提醒你探索和消除你的限制性信念。

　　我的愿望是这个星球上的每一个人——尤其是我们的年轻人，去了解一些思想和我们掌控中的能量的基本知识，从而有意识地设计我们的人生。我们都有天生的能力来创造任何我们可以想象的东西。全息的宇宙是一种能量结构，如果愿望没有受到之前产生的一个矛盾信念阻碍的话，它会把每一个愿望变成现实。通过消除你的限制性信念，你会获得更多"思想改变人生"的机遇。

　　我给你的挑战是——如果你相信什么，千万不要放弃！尤其是相信你自己的时候！

　　祝福你们！